Imprudence

Il n'y a aucun moyen pour Nelson, Samuel et Kimberly d'obtenir ce qu'ils veulent

Sley Samedy

This is a work of fiction. Similarities to real people, places, or events are entirely coincidental.

IMPRUDENCE

First edition. May 18, 2024.

Copyright © 2024 Kyana Samedy.

ISBN: 979-8224943258

Written by Kyana Samedy.

Also by Kyana Samedy

Mauvaises intentions
Imprudence
Juste sous le gui
Survie et Triomphe
Ténébres capturées

Après avoir été contraint de quitter son entreprise, Nelson rentre chez lui milliardaire avec un trou dans sa vie. Lorsqu'il rencontre Kimberly et Samuel, il décide qu'il les aura tous les deux.

Mais Kimberly et Samuel ne forment pas un couple, et c'est Samuel qui retarde les choses. Il n'est pas sorti avec une femme depuis cinq ans, et même s'il est clair qu'il aime Kimberly, il accepte le plan à trois de Nelson à la condition que ce ne soit qu'une nuit.

Kimberly épouserait Samuel en un instant s'il le demandait. Il n'est tout simplement pas intéressé. Mais mieux vaut une seule nuit pour satisfaire sa curiosité que de ne jamais connaître le baiser de Samuel.

Il n'y a aucun moyen pour Nelson, Samuel et Kimberly d'obtenir ce qu'ils veulent. Un moment de faiblesse imprudent a le pouvoir de les détruire.

"Maintenant, respire profondément", entonna le professeur de yoga, sa voix grave et apaisante.

Kimberly jeta un coup d'œil du coin de l'œil. Des cheveux châtain foncé soignés, des yeux verts saisissants, une petite fente sexy au menton... Il était beaucoup plus musclé que la plupart des hommes qui enseignaient, et il portait des shorts de survêtement au lieu de leggings serrés. Nelson. Elle le voyait au studio depuis environ un mois maintenant, et ce soir, il remplaçait l'instructeur habituel du vendredi soir.

Elle avait pensé qu'il serait distrayant, et elle avait raison ; elle ne pouvait pas se concentrer sur quoi que ce soit. Elle regarda sa meilleure amie et vit que Samuel regardait le sol, ses cheveux blonds bouclés ressemblant à s'il avait mis son doigt dans une orbite, son visage un masque de concentration.

Kimberly réprima un rire, vacilla puis retrouva rapidement son équilibre. Elle connaissait Samuel, et il ne prenait pas le yoga très au sérieux ; son air de jeu ne pouvait que signifier qu'il essayait d'éviter les pensées qui pourraient conduire à une érection embarrassante. Son meilleur ami prétendait être bisexuel, mais elle ne l'avait vu que convoiter ouvertement les hommes.

Ce qui était dommage car s'il aimait ne serait-ce qu'un tant soit peu les femmes...

« Et expirez. » Nelson marchait lentement entre les minces tapis en caoutchouc, suggérant un ajustement des bras par-ci, un changement de jambe par-là.

Et le voici. Kimberly regardait droit devant elle et essayait d'incarner la paix.

«Bien», murmura Nelson en s'accroupissant près d'elle. « Vous êtes blessé au genou, n'est-ce pas ? Est-ce que cette pose provoque de la douleur ?

"Non," dit-elle, sa voix plus proche d'un grognement qu'elle ne l'aurait souhaité. Pas très féminin. "Je n'ai pas eu de problèmes depuis un moment."

"Ravi de l'entendre." Nelson se leva et poursuivit son inspection des étudiants. Kimberly était impressionnée : il avait lu leurs dossiers avant le cours. C'était du dévouement. Elle tourna la tête et vit Samuel lui lancer un regard sale. "Espèce de salope," dit-il.

Kimberly retint un autre rire. « Il s'inquiète pour mon bien-être », murmura-t-elle. "Je suppose que je gagne."

La femme en face d'elle, une femme riche, mince, d'âge moyen, dont le visage semblait sucer un citron, lança un regard noir à Kimberly.

« Respirez à nouveau et, si vous le pouvez, étirez-vous en expirant. Seulement si vous le pouvez. Ce n'est pas une compétition, mes amis.

Kimberly s'enfonça plus profondément dans la pose et essaya de ne pas imaginer la voix de Nelson murmurant des fantasmes sales à son oreille.

Une demi-heure plus tard, Nelson quitta la classe. Des hommes et des femmes épuisés ont eu du mal à se relever. "Mes ischio-jambiers sont tendus", dit Samuel plus fort que nécessaire. "Je pense que je vais juste prendre quelques minutes supplémentaires."

Ils rentraient toujours ensemble à pied, ce qui signifiait que Kimberly était coincée là aussi, à moins qu'elle ne veuille braver seule une heure dans les rues sombres. Elle se dirigea vers le tapis de Samuel et frappa sa cuisse dure comme du fer jusqu'à ce qu'il bouge. "Nelson est hétéro", murmura-t-elle en libérant ses cheveux bruns jusqu'à la taille de sa queue de cheval.

"Certainement pas."

"Pari."

Samuel leva un petit doigt et ils joignirent les doigts. Ils n'avaient pas besoin de discuter des termes des enjeux car ils pariaient toujours la même chose : un dîner et un film. Ils traînaient tout le temps. Tout le monde dans leur bureau pensait qu'ils formaient un couple.

Kimberly aurait été partante, mais Samuel avait lancé très tôt et souvent sa phrase Je suis bisexuelle, mais je ne cherche actuellement qu'un homme bon, alors elle l'avait techniquement rayé de sa liste.

Nelson se tenait près de la fenêtre, une serviette autour du cou. Kimberly se mordit les jointures. "Tellement chaud."

"Regardez un maître en action." Samuel se leva d'un bond et se dirigea vers Nelson. Kimberly ne pouvait pas entendre la conversation, mais à la façon dont Nelson inclina le cou et fronça les sourcils, elle devina que Samuel cherchait une sorte de pitié.

Ils la regardèrent tous les deux et le visage de Kimberly s'échauffa. Nelson hocha la tête, dit quelque chose et Samuel revint précipitamment. Il a continué son étirement des ischio-jambiers.

"Tu ressembles au chat qui a mangé le canari."

"Pas encore, mais je vais chercher mon oiseau." Il remuait lascivement ses sourcils, faisant rire Kimberly. « Nous allons tous dîner dehors », dit-il.

"Vraiment? Qu'est-ce que tu as dit?"

Samuel tendit les bras au-dessus de sa tête. Ses muscles étaient gonflés. «J'ai dit: 'Nelson, super classe, mec. Ma copine et moi nous demandions si tu aimerais venir dîner.' »

« Petite amie ?

Il poussa doucement Kimberly hors de son tapis et son bras picota là où il la toucha. "Je sais", dit-il en enroulant le tapis. « Je n'arrive pas non plus à croire qu'il l'ait acheté. Tu l'es bien aussi... »

Kimberly lui lança un regard d'avertissement.

"Trop mignon pour sortir avec un clochard comme moi", termina-t-il gracieusement. Il fit un clin d'œil et se dirigea d'un pas nonchalant vers le vestiaire des hommes.

Kimberly a roulé son tapis, puis a jeté un coup d'œil à Nelson. Il la regardait et lorsque leurs regards se croisèrent, il sourit.

Elle détourna le regard, embarrassée, puis se précipita vers les douches.

Nelson regarda la brune aux courbes généreuses quitter le studio, le cou courbé. Tous ces magnifiques cheveux noirs. Lorsqu'elle l'avait laissé tomber et l'avait lentement secoué, il avait dû se détourner pour s'empêcher d'avoir des pensées impures.

Une femme mince avec une expression aigre s'approcha de lui. "Merveilleux cours", dit-elle, sa voix suintante de snobisme. "Entre nous, tu es bien meilleur que Grace."

«Merci», dit Nelson d'un ton neutre. Si la femme pensait cela, c'est qu'elle ne connaissait pas grand-chose au yoga. Il s'était entraîné par intermittence toute sa vie, mais il n'était pas un grand professeur. La seule raison pour laquelle il enseignait était parce que sa sœur était propriétaire du studio et l'avait incité à suivre un cours pour débutants. C'était son premier cours intermédiaire, et même si tout s'était bien passé, il s'était senti un peu perdu.

"Peut-être que je vais passer à ta classe."

Il sourit poliment. "J'ai peur que ce soit plein."

"Dommage. Je suppose que je te verrai dans le coin.

Elle fut la dernière à partir. Nelson se dirigea vers le vestiaire des hommes et

enfila un jean et un polo rayé. Quand il eut fini, il sortit pour rencontrer Samuel et Kimberly.

Samuel portait un jean et une chemise noire qui lui tombait sur les épaules. Samuel posa les mains sur ses hanches et le tissu se tendit. Nelson se força à détourner le regard. Kimberly portait un pantalon et un chemisier blanc. Les boutons du haut étaient défaits, révélant un décolleté gonflé. Le jean de Nelson lui parut soudain trop serré.

"Je suis tellement content que tu aies accepté", dit Samuel avec enthousiasme. Ils se serrèrent la main. Samuel le serra fermement et Nelson se demanda si Kimberly soupçonnait que son petit ami n'était peut-être pas hétéro. Samuel était un homme séduisant, avec des cheveux blonds bouclés et rebelles et des yeux bleus curieux. Il avait une innocence de chérubin qui lui permettait sans doute de se permettre toutes sortes d'absurdités.

"Ravi de vous rencontrer," dit timidement Kimberly. Il lui serra la petite main. Ses doigts étaient doux. Elle fut la première à s'éloigner de leur contact.

"Merci de m'avoir invité." Il se retourna et verrouilla la porte d'entrée. "J'ai déménagé en ville il y a seulement quelques mois et j'essaie toujours de me repérer, donc votre offre est très appréciée."

"D'où?" » a demandé Kimberly. Elle avait des yeux marron chocolat dans lesquels Nelson pouvait se perdre.

« Seattle. Mais j'ai grandi à quelques heures d'ici. La situation professionnelle a changé, alors je suis revenu. Il n'a pas pris la peine d'entrer dans les détails de la façon dont il avait vendu sa start-up technologique et avait ensuite été expulsé. Cela avait été humiliant. Un mois, il faisait la couverture de Pacific Entrepreneur, le mois suivant, il était effectivement au chômage.

Les termes de l'accord signifiaient qu'il n'aurait plus jamais besoin de travailler. Chaque chiffre avant les sept derniers zéros signifiait simplement plus que suffisant. Il avait 30 ans et il en avait largement assez, mais il ne voulait pas prendre sa retraite.

Samuel s'approcha, ses yeux innocents pleins de malice. "Il y a un excellent restaurant tibétain à environ dix minutes."

"Non", a déclaré Kimberly. «Cet endroit est trop cher. Et Pizza Palace ? C'est plus proche.

Samuel roula des yeux. « Chaque fois que nous mangeons là-bas, mon chat m'ignore pendant une journée. Je pense qu'ils ont mis du rat dans la sauce.

« Vous êtes fou... »

« Je préférerais le tibétain », dit Nelson. « Ma friandise. Vous pourrez prendre le prochain dîner tous les deux.

"Accord!" dit Samuel. Kimberly avait l'air de vouloir protester, mais elle ferma fermement la bouche.

En marchant, Nelson a appris qu'elle et Samuel travaillaient ensemble dans un cabinet comptable. Samuel jouait du saxophone jazz pour s'amuser et regardait des films slasher, et Kimberly adorait la photographie de paysage.

Plus il les observait ensemble, plus il devenait confus quant à leur relation. Il n'arrivait pas vraiment à mettre le doigt dessus, mais il semblait y avoir un manque évident de... quelque chose. Pas de tension sexuelle. Non, ils étaient attirés l'un par l'autre.

Il regarda Kimberly pousser Samuel dans un arbuste de manière ludique. Il fronça les sourcils. Que se passe-t-il entre ces deux-là ? C'était comme s'ils essayaient de ne pas être attirés l'un par l'autre. Ils lui rappelaient des lycéens qui n'avaient pas compris comment passer du statut d'ami à celui d'amant.

« La meilleure nourriture de ce côté-ci de la ville », a déclaré Samuel. Il se précipita pour ouvrir la porte et ils entrèrent. Nelson a immédiatement aimé le restaurant. C'était calme et paisible, et l'odeur du curry jaune lui faisait gargouiller l'estomac.

L'hôtesse accueillit Kimberly et Samuel avec beaucoup de familiarité. Elle lança à Nelson un regard curieux, puis les conduisit tous les trois vers une cabine en bois. Des photos du Dalaï Lama ornaient les murs.

Samuel et Kimberly étaient chacun assis de chaque côté de la table, et Nelson se tenait là. Le stand était suffisamment grand pour accueillir confortablement six personnes ; il y aurait beaucoup d'espace pour tout le monde, quel que soit le côté qu'il choisirait.

"Asseyez-vous où vous voulez", dit Samuel. Ils le regardèrent avec attente.

Il décida de s'asseoir à côté de Samuel. C'était la meilleure façon de cacher son attirance pour Kimberly ; s'il s'asseyait à côté d'elle, son petit ami s'en rendrait probablement compte en trente secondes environ.

Elle ne soupçonnerait jamais que Nelson trouvait Samuel tout aussi attirant.

Kimberly prit son menu.

Samuel haussa les sourcils en direction de Kimberly, mais elle se cachait derrière le menu. Il se sentait un peu mal. Sur le chemin du restaurant, il avait surpris Nelson en train de la surveiller à plusieurs reprises.

Il avait également surpris Nelson en train de le surveiller.

L'homme aimait les hommes et les femmes, cela ne faisait aucun doute.

Il étudia le torse et les bras musclés du professeur de yoga. Il voulait le toucher et voir s'il se sentait aussi bien qu'il en avait l'air. Samuel n'avait été qu'avec quatre hommes dans sa vie. Comparé à certains de ses amis qui en empochaient des dizaines chaque mois, Samuel était pratiquement vierge. La seule femme avec qui il avait couché était sa petite amie du lycée. Il avait adoré Muriel et il avait commis l'erreur de lui confier la vérité. Mais lorsqu'il lui a dit qu'il était également attiré par les hommes, elle lui a clairement fait comprendre qu'elle était repoussée.

Les souvenirs ont repris vie. Il la suppliait d'écouter ce qu'il avait à dire. Muriel l'accusait de l'utiliser comme couverture — ce qui n'était même pas vrai, même de loin. Il ne se souciait pas de savoir si les gens étaient au courant de son orientation sexuelle inhabituelle, mais il n'avait jamais eu l'intention de lui faire du mal.

Puis lui et Muriel sont allés à l'université et il a juré qu'il ne ferait jamais ça à une autre femme.

Kimberly a ri de quelque chose que Nelson avait dit. Lorsqu'il avait dit à Nelson qu'ils formaient un couple, il ne voulait pas seulement s'amuser un peu. Il avait très envie d'être avec elle. Elle était tout ce qu'il avait toujours voulu chez une femme : amusante, intelligente, drôle, jolie d'une manière légèrement ringarde. Elle avait ce truc de bibliothécaire pour elle, et elle savait comment s'y prendre.

Mais elle méritait mieux, un homme qui serait satisfait d'elle. Un homme qui ne lui demanderait pas de lui montrer les mecs sexy sur la plage pour qu'ils puissent les voir ensemble. Il pourrait être monogame avec une femme ou un homme, mais il lui manquerait quelque chose.

Beaucoup de ses amis disaient qu'il était gay et dans le déni, mais ce n'était pas le cas. Il pensait trop souvent à Kimberly quand il se branlait, et cela se terminait toujours de la même manière : avec un autre homme également dans le lit. Et toujours, juste après son arrivée, Kimberly lui crachait dessus avec dégoût.

Kimberly lui a donné un coup de pied sous la table et il a sauté. Elle et Nelson le regardaient tous les deux. Samuel sourit. "Désolé. J'essayais de décider ce que je voulais. Qu'est-ce que vous avez dit?"

"Nelson demandait ce que nous avions fait pour notre premier rendez-vous, et j'ai pensé que tu aimerais raconter l'histoire."

Oh. C'était facile. « Kimberly et moi avons toutes deux été recrutées lors du même balayage du campus il y a un an. Nous étions de nouvelles recrues ensemble. L'entreprise obligeait tous les débutants à faire des exercices de team building, et elle avait l'habitude de se relâcher.

"Je n'ai pas."

"Peut-être que j'exagère." Il se pencha plus près de Nelson et dit dans un murmure scénique : « Non, je ne le suis pas. C'est une fainéante. Samuel sentit l'eau de Cologne boisée de l'homme et sentit la chaleur se propager à travers sa queue et ses couilles. Maintenant, c'était distrayant. Il lui fallut un moment pour retrouver le fil de la conversation. "Un vendredi, je lui ai dit que si elle m'aidait à choisir des plantes d'intérieur pour chez moi, je ne la vendrais pas."

Nelson rit. "Tu es diabolique."

"Regarde la. Tout est juste en amour et en guerre. Pouvez-vous me blâmer? Elle est incroyable."

Et elle lui lançait un regard étrange.

"Non. Je ne peux certainement pas vous en vouloir. Nelson détourna le regard et fit signe à la serveuse, et Samuel s'éventa et fit semblant de s'évanouir. Kimberly roula des yeux.

C'était proche, pensa-t-il. Il devait être plus prudent, sinon Kimberly commencerait à soupçonner à quel point il la voulait.

La serveuse apporta la tournée de boissons que Nelson avait demandée, et Samuel regarda Kimberly accepter la sienne avec un enthousiasme inhabituel. Elle n'était pas une grande buveuse, et il devrait s'assurer qu'elle n'en boive pas un tiers avant qu'un certain temps ne passe.

"Excusez-moi", dit-elle en sortant de la cabine. Sa bouche était pressée en une petite ligne ferme. Pas bon. Il la regarda traverser le restaurant. La façon dont elle marchait légèrement instable, ses épaules tendues, ne faisait que renforcer sa conclusion selon laquelle elle était ivre. Et bouleversé d'avoir perdu le pari.

"Hé, puis-je te poser une question?" » demanda Nelson. "Et je ne veux pas manquer de respect, mais je n'arrive pas à comprendre quelque chose."

«Vous pouvez me demander n'importe

quoi», dit-il. Nelson avait les plus beaux yeux verts. Samuel aurait pu les regarder pendant des jours.

"Vraiment? Rien?"

"Cela ne veut pas dire que je vais répondre." Il prit une gorgée de bière avec arrogance parce que c'était comme ça que ça se passait. Faites-le bien ou rentrez chez vous. Il a souri. "Tirer."

"Est-ce que Kimberly a des amis avec qui tu pourrais me mettre en relation?"

Samuel toussa et but une gorgée d'eau. S'il voulait en savoir plus sur les amis de Kimberly, cela signifiait... « Tu es hétéro ? »

Nelson le regardait fixement, ses yeux calculateurs, et Samuel sentit le bout de ses oreilles s'enflammer. "Cela ne me regarde pas", dit rapidement Samuel.

"Je suis bisexuel", a déclaré Nelson. "Polyamoureux."

"Signification...?"

"Je préfère sortir avec des couples." Nelson but une gorgée de sa bière.

« Des plans à trois ?

"Bien sûr."

« Et si on sortait ensemble ? Des relations?"

"Des couples."

"Mais un couple implique deux", a souligné Samuel. "Donc tu es comme une troisième roue perpétuelle."

Nelson fouilla dans son assiette. "Ouais," soupira-t-il. "Un jour, je trouverai mes matchs, mais en attendant... je me sens parfois seul."

Samuel voulait le réconforter. Et pourquoi pas? "D'une manière ou d'une autre, je doute qu'un gars comme toi ait du mal à trouver des partenaires consentants." Samuel passa un bras autour de Nelson et le serra légèrement. Nelson était tout aussi ferme qu'il en avait l'air, et la bite de Samuel a attiré l'attention.

« Je suis difficile », a déclaré Nelson.

Kimberly se glissa dans la cabine avec un sourire forcé. "Je suppose qu'il sait que nous ne sommes pas un couple", a-t-elle déclaré.

Samuel, coupable, récupéra son bras.

"Pas un couple?" » demanda Nelson.

"Oh, merde," dit Kimberly, le sarcasme dégoulinant de sa voix. "Je veux dire, vous êtes prêts à rentrer ensemble à la maison, donc ça ne sert à rien de faire semblant."

"Nelson est bisexuel", a déclaré Samuel. "Comme moi."

"Toi, chérie, tu es gay." Elle vida son verre.

"Et toi, ma chérie, tu es ivre."

Nelson s'éclaircit la gorge. "Peut-être que je devrais y aller."

"Non." Kimberly se leva, les lèvres serrées. "Je partirai. Merci pour le dîner. Elle est pratiquement sortie du restaurant en courant.

Samuel poussa Nelson hors de la cabine et courut après elle. Elle était à un pâté de maisons d'elle, les bras enroulés autour d'elle. Elle avait l'air si désespérée que son cœur se brisa. Lui faire du mal était exactement ce qu'il ne voulait pas faire. « Kimberly ! »

Elle baissa la tête et accéléra. "Putain," marmonna Samuel. Il est allé après elle. Elle marchait peut-être vite, mais ses jambes étaient plus longues et il la rattrapa facilement.

« Que veux-tu, Samuel ? Elle refusait de le regarder.

"Allez."

Elle s'arrêta de marcher et le fixa avec un regard mortel. «Je suis tellement fatigué que tu joues à des jeux avec moi. Tu agis comme si nous étions un couple quand ça te convient, puis tu agis comme si je n'existais pas. Tu es le plus gros taquin de bite de l'histoire du monde.

"Tu n'as même pas de bite."

« Oh, tu es si drôle. Samuel, avec une blague pour tout. Elle le poussa. Samuel lui attrapa le bras.

Kimberly regarda sa main, son expression froide, et Samuel la relâcha. Des pas précipités surgirent derrière lui.

"Tout va bien?" La voix de Nelson était pleine d'inquiétude.

Kimberly a repoussé ses cheveux derrière son oreille et a essayé de sourire. Ce n'était pas la faute de Nelson si Samuel la rendait folle. "Je me suis amusé. Vraiment. Merci encore pour le dîner », dit-elle. Nelson semblait sceptique. "Et, euh, passe une bonne nuit", a-t-elle ajouté.

"Attendez." La voix de Nelson imposait tellement de respect que Kimberly obéit. « Je ne te permettrai pas de rentrer seul à la maison. C'est dangereux."

"Je vais prendre un taxi."

« Crash chez moi ce soir. Vous deux. Je ne suis qu'à quelques minutes. S'il te plaît."

La culpabilité envahit Kimberly. Nelson était si gentil, essayant de ne pas la faire se sentir indésirable, mais cela ne faisait que rendre sa solitude encore plus aiguë. "Je vais bien," dit-elle aussi vivement qu'elle le pouvait. «Je suis tellement heureux que ça va marcher. Samuel est incroyable, et tu as l'air génial... »

Nelson lui lançait un regard particulier, son expression intentionnelle. Si elle ne le savait pas, elle penserait qu'il était sur le point de l'embrasser...

Il la rapprocha, ses yeux fouillant les siens, et Kimberly se figea sous le choc. Puis ses lèvres se pressèrent contre les siennes et ses paupières se fermèrent. Il lui mordilla doucement la lèvre inférieure avant de glisser sa langue entre ses dents.

Une partie de son cerveau confus avait du mal à comprendre pourquoi il l'embrassait et pas Samuel. Pitié. Devait être.

Il la rapprocha, et lorsque leurs corps se touchèrent, elle ressentit la preuve indéniable que Nelson la voulait. Elle gémit un peu. Elle le voulait aussi, tellement. Cela faisait trop longtemps qu'elle n'avait pas été touchée.

Mais Samuel.

Samuel !

Elle repoussa Nelson. «Je suis vraiment désolée, Samuel», bégaya-t-elle. Mais il n'avait pas l'air le moins du monde contrarié. "Je n'essaie pas de voler ton homme..."

Nelson prit la main de Kimberly et la conduisit vers Samuel. "Embrasse-la, espèce d'idiot," murmura Nelson. "Elle a attendu assez longtemps."

"Mais..." Samuel secoua la tête et passa ses doigts dans ses cheveux. "Je ne peux pas."

« Il est gay », a déclaré Kimberly. "Ne vous laissez pas tromper par ses affirmations sur la bisexualité." Son cœur battait si fort dans sa poitrine qu'elle crut qu'il allait exploser – et probablement faire sortir les hommes quand ce serait le cas. "Nous sommes amis et c'est tout."

«C'est vrai», dit Samuel.

Nelson lança à Samuel un regard dur que Kimberly ne parvint pas à déchiffrer. Elle avait besoin de partir, mais elle ne le fit pas, car Nelson tenait toujours sa main dans la sienne, ses doigts serrés fermement pour qu'elle ne puisse aller nulle part. Et elle ne voulait pas s'en aller. Ce n'était vraiment pas de sa faute, mais bon sang, elle aimait le contact ferme de Nelson. Lorsqu'ils se sont serré la main pour la première fois, ses genoux avaient menacé de l'abandonner. Quelque chose chez un homme fort et sans vergogne lui faisait palpiter l'estomac.

Et ce baiser. Il n'avait pas demandé la permission. Il l'a regardée dans les yeux, a vu qu'elle était attirée par lui et a agi.

«Vous venez tous les deux chez moi», dit fermement Nelson. Il passa un bras autour de Kimberly et la rapprocha.

Son corps était si dur. Elle leva les yeux vers lui, mais il regardait Samuel.

C'était... intéressant. Elle se demandait ce que Nelson lui réservait.

«Viens ici, Samuel», dit Nelson. Sa voix grave fit frissonner Kimberly. Samuel s'approcha et Nelson posa son autre main sur l'épaule de Samuel.

Et ils se mirent à marcher.

Kimberly enroula provisoirement son bras autour de la taille de Nelson. Cela lui permettait de suivre plus facilement le rythme de ses longues jambes. Elle serra un peu. Il était dans une forme incroyable. Il ne faisait probablement que s'entraîner, et cela se voyait.

Et elle pensait que Samuel avait un corps parfait.

« Que se passe-t-il chez vous ? murmura-t-elle.

"Qu'aimeriez-vous qu'il se passe?" » demanda Nelson. À côté de lui, Samuel ralentit, mais Nelson pressa sa grande main autour de l'épaule de Samuel.

"Regardez-vous vous embrasser", a plaisanté Kimberly.

"C'est un excellent début", a déclaré Nelson avec confiance.

"Tu es si amusant." Mais s'il plaisantait, comment se fait-il qu'il ne riait pas ? L'adrénaline jaillit dans les veines de Kimberly. Elle déglutit et essaya de ne pas paniquer.

Le portier de Nelson s'est dépêché de les laisser entrer dès leur apparition. Il valait chaque centime de son salaire parce qu'il n'a pas cillé lorsque Nelson est apparu avec ses bras autour de ces deux-là... il a fait semblant de ne pas le remarquer du tout.

"Passez une bonne nuit, monsieur."

Nelson hocha la tête en réponse. Personne ne savait qu'il avait acheté le bâtiment, mais certains employés s'en doutaient probablement étant donné les changements soudains de politique et les augmentations de salaire lorsque Nelson a emménagé. Jusqu'à présent, ils avaient tous été discrets, et Nelson s'attendait à ce que cela continue.

Samuel et Kimberly restèrent silencieux jusqu'à ce qu'il les laisse entrer dans son unité. Les ombres étaient ouvertes et la ville s'étendait devant eux comme une mer de lumières.

"Baise-moi. Cet endroit est sympa », a déclaré Samuel.

D'accord, pensa Nelson. Puisque tu insistes, je te baiserai toute la nuit.

Kimberly semblait également impressionnée, ses yeux marron chocolat observant son appartement avec un humble émerveillement. Il voyait qu'elle débordait de questions, mais il n'avait pas envie d'expliquer pourquoi un professeur de yoga à temps partiel avait une vue valant plusieurs millions de dollars sur l'un des plus beaux bâtiments de la ville.

"Je dois utiliser ta salle de bain", a déclaré Kimberly.

"Par ici." Plutôt que de lui donner des indications, il l'escorta. Une fois qu'ils furent hors de portée de voix de Samuel, il s'éclaircit la gorge. "Tu l'aime ?"

Elle détourna le regard et se lécha les lèvres. "Oh. Euh. Ce n'est même pas mon genre. J'aime plus, euh... »elle s'interrompit. « Des hommes énergiques. Mais j'ai des sentiments.

"Je parie qu'il est énergique en fin de compte", a déclaré Nelson, se souvenant de la façon dont Samuel l'avait touché au restaurant. "Pourquoi te résiste-t-il ?"

« Euh, bonjour, il est gay ! J'en ai tellement marre que les gens insistent sur le fait qu'il a un faible pour moi.

Nelson sourit face à sa frustration. « Il est tellement amoureux de toi que ça fait mal de le regarder. Ce qui s'est passé ?"

Elle secoua la tête. "Absolument rien. Il flirte et il m'entraîne. Je ne pense pas qu'il se rende compte de ce qu'il fait.

"Ne me dis pas que tu n'as aucune idée des hommes."

Son visage est devenu une jolie nuance de rouge. Il voulait l'embrasser à nouveau, mais il avait besoin d'obtenir des réponses de Samuel. Il alluma la lumière de la salle de bains pour elle, combattit un sourire lorsque ses yeux lui sortirent presque de la tête lorsqu'elle vit à quel point c'était immense, puis partit à la recherche de Samuel.

Samuel jouait avec sa collection de décorations pour arbres de Noël des années 60. C'étaient les seules choses dans son appartement qui n'étaient pas incroyablement chères, mais elles lui apportaient plus de joie que tout le reste réuni.

Il prit un traîneau en bois des mains de Samuel et le posa soigneusement, puis attrapa la tête de Samuel dans ses mains. "Tu lui diras comment tu te sens.

Je," dit-il. "Et tu lui diras bientôt." Il embrassa Samuel, sans prendre la peine de commencer gentiment comme il l'avait fait avec Kimberly.

Samuel émit un petit gémissement, silencieux, comme s'il essayait de cacher son excitation, et Nelson l'embrassa plus fort, le plaquant contre le mur. Samuel avait le goût de la bière et de l'homme, ce qui se trouvait être l'une des combinaisons préférées de Nelson.

Il attrapa la nuque de Samuel et enfonça sa langue dans sa bouche, le dominant, le réclamant. D'après son expérience, le premier baiser a donné le ton à toute la relation. Et que ce soit émotionnel ou simplement sexuel, Nelson était sûr de vouloir une relation avec Samuel et Kimberly. En supposant qu'il puisse donner du sens à Samuel.

Il attrapa le renflement chaud de Samuel. Joli et grand. Parfait. Il serra, et Samuel gémit et enfonça ses doigts dans les épaules de Nelson.

Nelson ignora sa détresse, enfonçant sa langue dans la bouche de Samuel et lui donnant un avertissement sur ce à quoi il pourrait s'attendre plus tard.

Un bruit l'a alerté du retour de Kimberly. Nelson serra une dernière fois, puis relâcha Samuel, qui prit une profonde inspiration frissonnante.

"Vous êtes tous les deux sur le canapé blanc", ordonna Nelson. "Je vais préparer des boissons pour nous dégriser tous."

Il vit Samuel lancer un regard coupable à Kimberly, puis ils se dirigèrent tous les deux vers le canapé.

Nelson trouva un pichet de limonade que son cuisinier avait dû préparer cet après-midi-là. Il remplit trois verres et les posa sur un plateau, puis versa un bol de crackers raffinés au romarin et aux olives dont Grace l'avait rendu accro. Il en mangea un et essaya de comprendre ce qui se passait avec Samuel.

L'amour de Kimberly pour cet homme était comme une plaie ouverte, et Nelson souffrait de la regarder. Il n'avait jamais été autant aimé de personne, et personne n'avait certainement jamais supporté la torture que Samuel lui avait infligée.

Non, ce n'était pas elle le problème. Samuel l'était.

Nelson avait rencontré beaucoup d'hommes homosexuels qui niaient ou étaient dans le placard, mais il n'avait jamais rencontré d'homme bisexuel niant son attirance pour une femme. Nelson ramassa une autre poignée de crackers. Il n'avait pas l'impression que les amis de Samuel lui donnaient du fil à retordre au sujet des personnes avec qui il sortait, donc il ne subissait probablement pas de pression de cette part.

Cela n'avait aucun sens. Les forcer à se réunir ne serait probablement sain ni pour l'un ni pour l'autre. Il soupira et remplit à nouveau le bol de crackers, puis emporta le plateau dans le salon.

Ils regardaient tous les deux par la fenêtre, leurs corps rapprochés, si familiers et à l'aise l'un avec l'autre. Un pincement au cœur déchira Nelson. Ils étaient ce qu'il avait toujours voulu mais qu'il n'avait jamais trouvé, et ils ne réalisaient même pas ce qu'ils avaient.

Kimberly regarda vers l'avant, plaçant ses mains autour de son visage pour bloquer la lumière derrière elle. Elle dit quelque chose que Nelson ne pouvait pas entendre, et Samuel la regarda, son langage corporel si plein de nostalgie que Nelson dut se battre pour ne pas lui cogner le plateau sur la tête pour lui donner un peu de raison.

"Limonade et crackers."

Samuel se tourna et haussa un sourcil. "Tu es l'esprit de ma grand-mère, n'est-ce pas ?"

Nelson sourit. Il rembourserait Samuel pour ce commentaire plus tard, lorsque l'homme serait déshabillé et à genoux devant lui. "Asseyez-vous s'il vous plait."

Nelson est resté debout. Une fois qu'ils eurent pris leur verre et furent détendus, il prit une profonde inspiration. "Donc. Kimberly, pendant que tu étais aux toilettes, j'ai expliqué à Samuel que mes préférences sexuelles vont aux couples.

"Des couples?" Sa voix était tendue par le choc et elle semblait sur le point de laisser tomber son verre.

"Oui, belle. Des couples. Quand Samuel m'a approché après les cours, j'ai pensé qu'il avait remarqué ça. Il rit. "Je suis soulagé que ce ne soit pas le cas, car ce serait terrible si je diffusais ce genre d'ambiance au studio de Grace."

"Nous avions parié si tu étais gay ou non", a déclaré Kimberly, cachant un sourire timide.

"Oh? Quel était le pari ?

"Dîner et film."

« Je me sens responsable, alors j'insiste pour vous payer tous les deux. Demain soir?"

Ils se regardèrent et acquiescèrent.

"Bien." Nelson s'assit. "Maintenant, parlons de ce soir."

Une nuance de rose séduisante se répandit sur les joues de Kimberly. Elle rougit si facilement que cela lui donnait envie de la voir penchée, ses fesses courbées perchées haut dans les airs pour qu'il puisse pagayer sa peau parfaite jusqu'à ce que ses fesses correspondent à ses joues.

Samuel ne rougit pas, mais il avait l'air coincé à mi-chemin entre excité et scandalisé.

Kimberly saisit son verre de limonade. À moins qu'elle n'ait mal compris quelque chose, Nelson voulait un plan à trois avec elle et Samuel. Ce n'était pas une idée qui lui avait traversé l'esprit auparavant. Du moins, pas comme une possibilité sérieuse.

Elle – comme la plupart des femmes, supposait-elle – avait fantasmé d'avoir deux hommes à la fois, et avoir une amie bisexuelle aussi sexy avait stimulé son imagination. Elle en avait parlé avec une de ses copines lors d'un enterrement de vie de jeune fille. Son amie Elle, qui avait trois amants, lui avait dit : « Regardez. Une femme a trois trous qui sont aussi des zones érogènes. Il est tout à fait naturel de vouloir les stimuler tous en même temps.

"Je veux coucher avec vous deux", dit Nelson, interrompant les pensées de Kimberly. Sa chatte s'est immédiatement mouillée. Mouillé à nouveau, en fait... Après avoir marché pendant dix minutes, inhalé l'après-rasage masculin de Nelson et avoir été pressé contre son corps fort, nettoyer un peu la salle de bain avait été un impératif.

À côté d'elle, Samuel commença à remuer sa jambe comme il le faisait chaque fois qu'ils regardaient un film d'horreur.

« Comment ça marche ? » » a demandé Kimberly. Elle était trop curieuse pour tourner autour du pot.

Nelson s'accroupit devant elle et elle se souvint à quel point il avait été attentif lorsqu'il lui avait posé des questions sur son genou pendant le cours de yoga. "Je n'ai jamais pu l'expliquer mathématiquement, mais deux fois plus de bouches se sentent cinq fois mieux."

Ouah. Juste wow. Kimberly réprima un sourire. C'était une opportunité qui ne se présenterait certainement plus jamais. Tous les hommes qu'elle connaissait sauteraient sur l'occasion de faire un plan à trois avec deux superbes femmes, et elle serait damnée si elle laissait passer l'équivalent si l'un des hommes était Samuel. Surtout après avoir vu à quel point Elle était heureuse tout le temps. "Qu'est-ce que c'est," dit-elle en riant. "J'en suis." Elle rit encore. Elle ne s'était pas sentie aussi excitée à l'idée d'une relation depuis l'obtention de son diplôme.

"Fantastique." Nelson posa la main sur le genou de Samuel et l'interrogea du regard.

Kimberly posa une main sur l'épaule de Samuel. "Juste une fois", plaida-t-elle. "Je pense que ce serait amusant." S'il te plaît, donne-moi juste une nuit avec toi, pensa-t-elle. Était-il vraiment si rebuté par elle ?

Samuel ferma les yeux et pencha la tête en arrière. Sa pomme d'Adam bougeait tandis qu'il avalait. "J'ai peur que cela change les choses entre nous", dit-il d'une voix rauque.

"Ce ne sera pas le cas", a promis Kimberly. "Nous ne le laisserons pas faire."

Quand Samuel la regarda, elle vit que ses pupilles étaient dilatées. « Nous ne le laisserons pas faire », dit-il doucement. « Nous ne pouvons pas. Si je te perds...

— Il faudrait bien plus qu'un mauvais rapport sexuel pour nous ruiner, dit-elle.

Le feu brillait dans les yeux de Samuel, et juste comme ça, sa chère amie était de retour. "D'accord. J'y participe. Et pour mémoire, il n'y aura pas de mauvais sexe.

"D'accord", a déclaré Nelson.

Maintenant qu'ils avaient décidé de faire cela, Kimberly se sentait timide et mal à l'aise. Il était facile de comprendre comment deux personnes s'assemblaient, mais trois... ?

Nelson a résolu le problème en se levant et en se penchant sur elle. Ses yeux verts pétillants, il s'approcha lentement pour un baiser. Il toucha le côté de sa poitrine, puis la prit en coupe. Kimberly gémit et écarta instinctivement ses genoux. Sa chatte était mouillée, et quand Nelson glissa une main sous ses fesses et la serra, elle haleta.

Il était énergique, exactement comme elle le voulait. Et elle était suffisamment excitée pour que son embarras fonde.

Nelson s'approcha et embrassa Samuel. Kimberly regardait, fascinée. Elle avait été choquée lorsqu'elle avait découvert leur précédent baiser. Les relations sexuelles entre hommes semblaient pouvoir devenir dangereuses.

Les joues de Samuel étaient rouges et les deux hommes avaient les yeux ouverts. C'était comme s'ils cherchaient chacun leur faiblesse, comme si c'était un combat. Samuel a eu du mal à se relever, mais Nelson l'a coincé. Elle ne

put s'empêcher de jeter un coup d'œil à leur pantalon et découvrit qu'ils étaient tous les deux excités.

Elle passa sa paume sur le renflement de Nelson. Il grogna et canalisa son agressivité sur Samuel, lui mordant le cou et lui forçant la tête en arrière.

Nelson pressa l'intérieur de la cuisse de Kimberly et son pouce effleura l'entrejambe de son jean. Elle se pencha vers lui et soupira.

Elle n'osait pas toucher Samuel. Mais elle devrait le faire, non ? Elle se mordit le bord de la lèvre et posa timidement une main sur sa jambe. Ses yeux se fermèrent alors qu'elle glissait ses doigts vers son sexe.

Depuis combien de temps avait-elle envie de toucher Samuel de cette façon ? Cela semblait être une éternité. Et elle voulait faire ressortir ce moment. Elle contourna son érection mais poussa plus fort, se déplaçant en rond, se rapprochant toujours.

Avec un grognement, Nelson lui attrapa la main et la plaça sur la bite de Samuel, et Kimberly sut qu'elle était perdue. Elle le serra, le caressant à travers le jean. Elle pouvait sentir la chaleur de son érection. Le moment était si doux. Tout ce qu'elle voulait était si proche.

Nelson recula et ôta sa chemise, et Kimberly regarda avec étonnement les renflements durs de ses muscles.

Samuel siffla. "Il n'y a aucune chance que tu obtiennes ça grâce au yoga."

Kimberly commença à déboutonner sa chemise pendant que les hommes étaient distraits.

Nelson rit. « Je ne l'ai pas fait, mais je connais des hommes qui l'ont fait. J'ai une salle de sport à l'arrière.

"Qu'est-ce que tu fais au développé couché ?"

« Nous devrions travailler ensemble. Vous le découvrirez », a déclaré Nelson. Il tourna vers elle ses beaux yeux verts. "Vous pouvez venir aussi", dit-il. "La seule règle est que vous devez porter du spandex très serré, et si nous ne faisons pas vraiment d'exercice, qu'il en soit ainsi."

Si un autre homme lui avait suggéré de s'entraîner avec lui, elle aurait considéré cela comme une critique selon laquelle elle avait besoin de perdre du poids. Elle savait qu'elle pourrait supporter de perdre quelques kilos, mais Nelson l'aimait clairement telle qu'elle était.

Le regard de Nelson était enfoui dans son décolleté exposé. Elle savait qu'elle avait de beaux seins, gros et ronds, même si elle devait les tenir si elle faisait l'amour par-dessus pour qu'ils ne fassent pas mal lorsqu'ils rebondissaient.

Même Samuel la regardait fixement, mais quand il vit qu'elle l'avait remarqué, il détourna rapidement le regard. Elle a complètement glissé hors du chemisier. "Tu es trop habillé, Samuel," fit-elle remarquer.

Il a passé sa chemise par-dessus sa tête. Elle savait qu'il faisait beaucoup d'exercice, mais elle n'avait pas apprécié à quel point il était coupé. Elle se retrouva à toucher son cou. Son corps était chaud et sous le bout de ses doigts circulait le battement lent et régulier de son pouls.

Nelson descendit et l'embrassa, la poussant horizontalement sur le canapé. "Enlève ses chaussures et son pantalon", ordonna-t-il à Samuel alors qu'il soulevait ses seins et mordillait sa chair tendre.

Ses mamelons durcirent sensiblement à travers le soutien-gorge, et Nelson en attrapa un entre ses dents et le tira dessus. Elle soupira et abaissa la tasse satinée. Les lèvres de Nelson touchèrent sa peau nue.

Kimberly remarqua à peine que Samuel suivait les ordres de Nelson. Son sang chantait dans ses oreilles et elle se cambra, enfonçant sa pointe dressée plus profondément dans la bouche de Nelson.

Nelson passa un doigt sous le soutien-gorge et le suivit jusqu'au dos. Une seconde plus tard, il le décrocha et le tissu se détacha. Libérées de leur prison, les seins de Kimberly glissèrent, mais les mains de Nelson étaient déjà là, les rassemblant et les rapprochant.

"Enlève ton pantalon, Samuel," dit Nelson. Il a sucé ses deux tétons dans sa bouche et Kimberly a haleté. Elle enfonça ses doigts dans ses cheveux, le suppliant de ne pas la laisser partir de si tôt. Derrière lui, Samuel déboutonnait son jean, le visage déformé par le désir et la peur alors qu'il regardait Nelson se régaler de ses seins.

Quelque chose se brisa dans l'expression de Samuel, et il vint s'agenouiller à côté de Nelson. Il portait toujours des boxers, mais cela n'enlevait rien à la perfection dure et musclée de ses longues jambes.

Samuel traça sa bouche d'un doigt hésitant, puis se pencha lentement en avant comme s'il se défiait d'aller jusqu'au bout.

Au moment où leurs lèvres se touchèrent, tout le désir refoulé de Kimberly pour Samuel s'écrasa sur elle. Son corps tout entier tremblait comme un colibri. S'il faisait une grimace ou la rejetait, elle mourrait probablement.

Mais ses yeux se fermèrent et il lui toucha doucement le menton, l'empêchant de se détourner. Kimberly se laissa aller. Elle avait rêvé du jour où Samuel l'embrasserait enfin, et c'était encore mieux que ce qu'elle avait rêvé. Sa bouche était douce, sa langue si douce mais persistante. Il la goûta avec une excitation vorace, tenant fermement son visage en contraste frappant avec la douceur de son baiser.

Lorsqu'il s'arrêta, Kimberly ouvrit lentement les yeux. Le visage de Samuel était à quelques centimètres du sien, ses sourcils légèrement plissés et ses yeux fermés. Kimberly a reconnu l'expression lorsqu'il a entendu un morceau de musique particulièrement émouvant et a voulu le graver dans sa mémoire.

Son baiser avait-il été si doux ?

Avec un petit grognement, il se précipita sur elle, la bouche gourmande, exigeante. Kimberly gémit. C'était comme s'il la dévorait et qu'il ne pouvait pas s'en empêcher. Elle ferma à nouveau les yeux.

Elle sentit Nelson toucher sa culotte. Il glissa ses doigts inquisiteurs à l'intérieur, effleurant sa chair. Il passa un doigt brûlant à travers sa peau lisse, l'explorant. "Si doux," murmura-t-il. Il a baissé sa culotte jusqu'à ce que son sexe soit exposé, puis il a passé ses lèvres sur son clitoris pendant un moment glorieux. Il descendit plus bas, pressa sa bouche sur sa fente et fouilla dans ses plis, faisant tournoyer sa langue à travers eux avant de la pénétrer du bout de sa langue.

Kimberly haleta. Le baiser de Samuel devint plus fort comme si son excitation était contagieuse. Ses mains caressèrent son visage, laissant une trace de plaisir partout où il la touchait.

Si elle avait su que Samuel était aussi bon, elle n'aurait jamais accepté de le faire pour une seule nuit. Elle ne pourrait jamais regarder Samuel sans savoir que ses baisers étaient un paradis. Cette nuit allait seulement la faire l'aimer encore plus. Cela n'aurait pas dû être possible. Mais c'était là. Le contrôle ténu qu'elle avait sur ses émotions fut balayé par le flot de désir déclenché par le baiser affamé de Samuel.

Nelson lécha son clitoris palpitant et les débuts d'un orgasme se resserrèrent entre les jambes de Kimberly. Elle avait tendance à serrer ses cuisses lorsqu'elle était sur le point de jouir, mais Nelson la maintenait facilement ouverte pour lui. Elle n'avait même pas réalisé qu'il avait complètement enlevé sa culotte ; c'est dire à quel point elle était distraite par la chaleur électrique qui étincelle sur tout son corps.

Elle sentit Nelson retirer une des mains de Samuel de son visage, et sentit que Samuel ne voulait pas lâcher prise. Un instant plus tard, Nelson le pressa contre sa fente. Kimberly a voulu que Samuel la doigte, mais il a juste tenu sa main là.

Samuel sursauta un peu et Nelson rit doucement. « Je ne touche que ta jambe pour l'instant. Je ne veux pas briser ta concentration », dit Nelson, et Samuel gémit.

Aucune trace ne restait de l'hésitation précédente de Samuel alors qu'il enfonçait un de ses doigts dans son petit trou douillet. Kimberly a presque crié, elle était tellement surprise et reconnaissante. Il la toucha, faisant correspondre le rythme de ses mouvements à celui de son baiser, et Nelson commença à passer sérieusement sa langue contre son petit nœud endurci et en difficulté. Une chaleur fondue s'enflamma et parcourut son corps. Partout où les hommes la touchaient, elle brûlait dans une délicieuse agonie.

Samuel mit fin à son baiser. Kimberly pouvait aussi sentir qu'il respirait fort. Elle ouvrit les yeux et tourna la tête pour découvrir que sa queue déchirait pratiquement son boxer dans le but de se libérer. La main de Nelson était à quelques centimètres de l'érection de Samuel, le tourmentant.

Les yeux de Samuel brillaient. "Je veux t'embrasser pendant que tu viens", dit-il. "Est-ce bizarre? Je m'en fiche. Je le veux de toute façon. Il l'observait avec une telle intensité qu'elle n'aurait jamais pu se laisser aller si elle n'avait pas été si proche. « S'il vous plaît, venez me chercher. Pour nous », murmura-t-il avant d'incliner sa bouche sur la sienne et d'enfoncer sa langue dans sa bouche. Son doigt en elle se tordit et la caressa, et Nelson lui pinça légèrement le mamelon tandis que sa bouche faisait les choses les plus étonnantes sur son clitoris.

Elle gémit dans la bouche de Samuel et tout son corps trembla alors que le plaisir la parcourut. Elle gémissait, gémissait, se tordait. Samuel souriait en l'embrassant, mais Nelson n'en manqua pas une miette, restant facilement avec ses hanches agitées.

Lorsqu'elle finit par s'immobiliser, Samuel se redressa lentement. "C'était... incroyable", a-t-il déclaré. "Je n'en avais aucune idée."

"Je pense que c'est ma ligne", murmura Kimberly. Elle flottait sur un nuage de bonheur. La main de Samuel restait sur son sexe et elle espérait qu'il ne le bougerait jamais.

Nelson se leva. Il s'était complètement déshabillé et Kimberly sentit ses yeux s'écarquiller lorsqu'elle l'accueillit. Elle n'avait pas pleinement apprécié à quel point il était doué. Si un peintre l'avait utilisé comme modèle, quiconque aurait vu l'œuvre achevée aurait accusé l'artiste d'exagération. Sa queue était longue, mais sa circonférence enflammait son fantasme. La tête épaisse était bien différenciée de la tige et elle savait que ce serait amusant de passer sa langue autour d'elle.

"Quelqu'un s'oppose-t-il à ce que nous déplacions cela dans la chambre ?" Nelson a dit. Kimberly leva les yeux vers ces yeux verts fascinants.

Toute l'attention était encore meilleure que ce qu'Elle avait promis... et l'un des hommes portait toujours des sous-vêtements. Ils commençaient tout juste.

Samuel aida Kimberly à sortir du canapé et il essaya de ne pas regarder ses gros seins bouger doucement alors qu'elle trouvait sa place. La pauvre femme avait des genoux faibles, et cela faisait du bien à l'ego de Samuel. Du coin de l'œil, il remarqua que ses mamelons réactifs étaient comme des têtes de gomme.

Lorsque Nelson les a sucés, Samuel a failli perdre la tête de désir. Il n'avait pas voulu repousser Nelson, ce qui le surprit. Il avait accepté parce que Kimberly avait l'air très excitée par l'idée, mais il avait aussi espéré que la voir avec Nelson l'aiderait à comprendre qu'elle finirait par passer à autre chose et trouver un homme qui pourrait la rendre heureuse.

Mais c'est le contraire qui s'est produit. La regarder avec Nelson a suscité des désirs profonds. La première fois que Kimberly a fait ce petit bruit sexy dans sa gorge, son esprit a débordé d'un nombre infini de possibilités pour les heures suivantes.

L'embrasser pendant qu'elle jouissait avait scellé l'affaire. Elle s'était sentie si vulnérable et si courageuse sous lui, et il aimait exercer ce genre de pouvoir et savoir qu'elle l'aimait. Maintenant, il se souvenait de ce qui lui avait manqué en évitant les femmes. Leurs corps étaient si doux, leurs orgasmes amusants à regarder... et à ressentir. La sensation alors que sa chatte se serrait sur son doigt... Sa queue lui faisait mal.

Et Kimberly était entièrement féminine, pleine de doux soupirs et de ce

musc féminin enivrant et léger dont il s'était privé depuis si longtemps. Il mourait d'envie de mettre la bouche sur elle. Il comprit soudain pourquoi les hommes suppliaient de garder la culotte de leur amante. La simple odeur d'elle aurait suffi à le mettre au sommet si Nelson avait passé ses doigts sur la bite désespérée de Samuel. Dans l'état actuel des choses, la main de l'homme sur sa cuisse avait été une torture.

Tandis qu'ils suivaient Nelson dans les couloirs, Samuel se demanda s'il ne devait pas se glisser dans une salle de bain pour en nettoyer une très vite. Il ne voulait pas s'humilier devant Kimberly en tirant trop tôt. Nelson comprendrait ; l'homme était perspicace comme l'enfer. Après tout, il avait immédiatement compris que Samuel était complètement amoureux de Kimberly. De plus, c'était un homme ; il connaissait les pièges de la plomberie.

Mais Samuel ne voulait pas décevoir Kimberly. Il ne pouvait passer qu'une nuit avec elle, donc ça devait être parfait. Il s'éclaircit la gorge. "Salle de bain?"

« Malheureusement, celle de ma chambre est en cours de rénovation. Désolé. Allez au bout du couloir, au coin de la deuxième porte à droite. Nous y serons », a déclaré Nelson en désignant une pièce voisine.

Samuel hocha la tête et s'éloigna précipitamment. Au moment où la porte s'est fermée, il a enlevé son boxer et a saisi sa queue d'une main. Il leva l'autre main vers son visage. Les femmes sentaient bon, mais Kimberly était à un tout autre niveau. Il suça le doigt dans sa bouche et gémit au goût sucré et piquant. Il imaginait à quel point ce serait incroyable de voir Nelson la baiser...

Cinq pompes et ses couilles se resserrèrent. Il attrapa frénétiquement une poignée de mouchoirs et les pressa sur son érection.

Le souvenir du corps de Kimberly alors qu'elle se débattait sous lui et de la main de Nelson sur sa jambe suffisait. Il s'est mis sur la pointe des pieds en arrivant. Il lui fallut chaque once de maîtrise de soi pour ne pas crier sa libération après tant de temps refoulé, mais il parvint à le garder dans un grognement étranglé.

Il revint finalement à lui-même avec soulagement. Il s'affaissa contre le mur, tenant toujours sa queue épuisée. Il s'est nettoyé, a enfilé son boxer et s'est regardé une fois dans le miroir. Il n'avait pas passé autant de temps au gymnase ces derniers temps, mais heureusement, cela ne se voyait pas ; son ventre était toujours aussi ferme et il n'aurait pas honte d'être vu nu à côté de Nelson.

Il était tenté de prendre quelques minutes pour reprendre son souffle et laisser son pouls ralentir, mais il ne voulait plus manquer de plaisir.

La porte de la chambre était ouverte et Nelson et Kimberly étaient allongés sur le lit king-size. Samuel remarqua vaguement à quel point la chambre était luxueuse, mais avec la scène alléchante devant lui, il ne s'en serait pas soucié s'il avait été dans une masure.

Nelson caressait Kimberly pendant qu'ils s'embrassaient, et elle gémissait, à peine audible. Samuel eut un petit sourire narquois. Nelson embrassait énormément, il n'était donc pas vraiment surprenant qu'il puisse si magistralement attiser les feux de Kimberly. Il ferma la porte derrière lui et se dirigea vers le lit.

Les amants ne semblaient pas le remarquer. Tant mieux. Il s'assit sur le matelas et se pencha en arrière. La grosse bite de Nelson était pressée contre le ventre mou de Kimberly, et Samuel était saisi du désir de la voir se faire baiser par cet homme magnifique.

Mais il voulait aussi la baiser. Et il avait envie de se faire baiser.

Quel dilemme.

« Parlons de logistique », dit doucement Samuel.

Nelson relâcha lentement Kimberly et s'assit. Il passa ses doigts dans ses cheveux et vérifia Samuel. "Je suis propre", a déclaré Nelson. «Je n'ai pas eu de relations sexuelles depuis... sept mois. Trop long. Quoi qu'il en soit, c'est définitivement propre.

Samuel savait que cela faisait plus longtemps que Kimberly n'avait pas couché ensemble, et qu'elle avait eu un examen médical le mois précédent. "Kimberly et moi avons eu des vies très ennuyeuses récemment", a-t-il déclaré.

"Pas ennuyeux", a déclaré Kimberly de sa voix primitive de bibliothécaire. « Nous étions trop occupés à faire autre chose. Et je prends la pilule.

"Pourquoi?" » demanda Samuel. Il pensait tout savoir d'elle.

Son visage s'est coloré. « Des problèmes de peau », dit-elle. Samuel hocha la tête. Il se souvenait qu'elle avait été bouleversée par certaines poussées d'acné, et il savait maintenant pourquoi elle avait arrêté de se plaindre.

"Donc", a déclaré Nelson, "grâce à ce que nous soyons tous occupés ou ennuyeux, nous sommes prêts à partir. Parlons de mots sûrs.

Les yeux de Kimberly s'écarquillèrent et elle secoua la tête, ses cheveux noirs flottant autour de son joli visage. "Je n'aime pas les chaînes et tout ça."

Nelson et Samuel la regardèrent tous les deux. « Vous avez essayé ? » » demanda Samuel, choqué. Il ne pouvait pas l'imaginer.

Elle se mordit la lèvre et hocha la tête. « Deuxième année d'université. C'était ennuyeux et beaucoup trop de travail.

"Mais tu n'as pas eu une mauvaise expérience ?" » demanda Nelson. "Les choses ne sont pas allées trop loin ?"

« Non, rien de tout cela. Mais c'était tellement décourageant. Je n'arrêtais pas de me moquer de mon petit ami et il n'appréciait pas ça.

Samuel pouvait dire à l'expression du visage de Nelson qu'il n'avait pas peur qu'on se moque de lui, mais Nelson ne prit pas la peine de le mettre en mots. "Que diriez-vous de quelques coups sur le cul?"

"Bien sûr."

Nelson pencha légèrement la tête. « Vous aimez les hommes énergiques. Je pense que vous apprécierez ce que je fais, mais peut-être la prochaine fois.

La prochaine fois? "Whoa," dit Samuel. « C'est une chose ponctuelle. C'était le marché. Droite?"

Nelson leva les deux mains. "D'accord. Désolé. Je prends de l'avance. Mais si ce n'est qu'une chose ponctuelle, je dois avouer que j'aimerais dominer Kimberly. Je n'y avais pas à cœur auparavant, mais je pense que tu as un côté soumis, Kimberly, et ce serait un honneur d'explorer cela avec toi. Il descendit du lit et entra dans un dressing que Samuel estimait être plus grand que sa chambre : la famille de Samuel avait de l'argent et il avait bénéficié d'une fiducie lorsqu'il avait 20 ans. Sa chambre était généreuse par rapport aux normes normales, mais Nelson l'a fait se sentir brisé.

Samuel essayait de se distraire, essayant de rester calme. Nelson aurait peut-être convenu qu'il s'agissait d'une fête d'un soir, mais Samuel n'est pas né d'hier ; Nelson allait faire pression pour en faire plus. Samuel ne pouvait pas se permettre de partager l'optimisme de Nelson selon lequel cela durerait plus longtemps que cela. Une nuit avec Kimberly, c'était bien, mais s'ils recommençaient, il ne pourrait pas se retenir. Il la voudrait, elle toute entière... vivre ensemble et célébrer des anniversaires et toute cette histoire pathétique. C'était pour d'autres personnes. Pas pour un homme comme lui.

"Les voici!" Nelson sortit du placard en brandissant une paire de menottes roses et pelucheuses. "Voir? Rien de dur. »

Samuel regarda Kimberly. Elle ne riait pas, mais elle n'avait pas l'air convaincue.

"Je vais juste les mettre à côté du lit", a déclaré Nelson. Si vous pensez que vous les apprécierez, ils seront proches. Il baissa la voix. "Ce serait dommage si j'étais à fond en toi mais que je devais m'arrêter pour déterrer des jouets", dit-il en souriant méchamment.

Kimberly se couvrit la bouche pour cacher un rire nerveux, et Samuel sentit sa queue reprendre lentement vie. Qu'elle soit timide ou effrontée, il aimait sa voix et ses manières. Elle était complexe, intelligente et intéressante.

Et elle ne l'avait pas une seule fois regardé comme si elle était dégoûtée. Au moins pas encore. Elle ne l'avait pas encore vu sucer la bite d'un homme, ne l'avait pas vu la prendre dans le cul et implorer de se faire baiser plus fort.

Il glissa du lit et se plaça à côté de Nelson. Il s'avança pour l'embrasser, mais Nelson le repoussa d'un bras musclé. "Déshabillez-vous", ordonna Nelson.

Samuel a enlevé ses chaussettes et son boxer et s'est tenu nu pour l'appréciation de Nelson. Le bel homme l'évalua lentement, son attention s'attardant sur la queue de Samuel, et Samuel se mit en plein mât. Nelson le mesurait, et Samuel savait qu'il ne déçoit pas dans ce domaine. Il était plus grand que la moyenne et savait utiliser chaque centimètre carré.

Finalement, Nelson hocha la tête et posa sa main sur l'épaule de Samuel. Samuel s'agenouilla devant le corps majestueux de Nelson. Nelson était complètement dur et une humidité claire perlait sur sa tête enflée.

"Les mains derrière le dos", ordonna Nelson.

Samuel obéit. Il pouvait faire une gorge profonde avec les meilleurs d'entre eux. Peut-être qu'il n'avait pas eu beaucoup de partenaires, mais il les avait fait compter. Il se pencha en avant et captura l'orgue flottant de Nelson dans sa bouche. Pouce par pouce, il a avalé la hampe, gardant tout humide. Une fois qu'il eut enroulé ses lèvres

autour de la base, il commença à travailler sérieusement.

"Ouais," grogna Nelson, sa main posée légèrement sur la tête de Samuel. Nelson fit quelques pas pour que Samuel soit adossé au lit, du bois frais derrière ses épaules et le matelas derrière sa tête et son cou. Un instant plus tard, une paire de jolies jambes féminines est apparue.

Nelson le poussa durement et Samuel fut coincé par le sexe de l'homme. Il ferma les yeux et accepta ce sort tandis que Nelson se frappait à plusieurs reprises dans la bouche de Samuel.

Samuel glissa ses mains sur les mollets lisses de Kimberly. Ses muscles étaient tendus, donc tout ce que Nelson lui faisait devait être bien.

Samuel aurait aimé pouvoir le voir, mais il appréciait aussi que sa bouche soit utilisée de cette façon. Il avait toujours eu le fantasme de s'agenouiller devant un trou de gloire et de sucer tout ce qui y passait, mais il vivait dans le monde réel et il était bien trop calme pour risquer d'attraper quelque chose comme ça. C'était tout aussi bien. En fait, c'était mieux parce qu'il savait que son partenaire était sexy... et contrairement à un trou de gloire, il ne pouvait pas s'en sortir jusqu'à ce que Nelson le libère.

Les jambes de Kimberly se resserrèrent autour des oreilles de Samuel.

"Tiens ses jambes écartées", grogna Nelson, et Samuel le fit. Enlève tes vêtements, mets-toi à genoux, suce ma bite, tiens-la ouverte... Nelson exigeait, et c'était exactement ce dont ils avaient besoin... quelqu'un pour diriger l'action afin qu'ils ne finissent pas tous assis à se demander quoi faire. faire ensuite.

Kimberly a essayé de rapprocher ses jambes et Samuel a dû se battre pour l'empêcher de lui arracher la tête. À en juger par ses petits gémissements joyeux, elle était sur le point de revenir. La bite de Samuel sursauta. Il voulait la surveiller.

Mais ce n'était pas censé arriver. Kimberly était pratiquement en hyperventilation, elle respirait si vite, et elle lui aurait donné un coup de pied à la tête en jouissant s'il ne l'avait pas fermement prise sur elle. Pendant ce temps, Nelson redéfinissait le sens du mot dur ; sa queue était le genre de raideur qui pouvait blesser un homme. Samuel a sucé du mieux qu'il pouvait, essayant d'amener Nelson à bout.

Mais Nelson recula, lui-même essoufflé, un regard sauvage dans les yeux. "Je vais la baiser et je veux que tu lèches autour de nous."

Samuel souleva ses couilles et gémit en se relevant un peu. Nelson lui ordonnait seulement de réaliser son désir le plus profond et le plus sombre.

La poitrine de Kimberly se soulevait, ses cheveux étaient ébouriffés autour de son visage. Elle sourit en le voyant.

Nelson se pencha en avant, prit les jambes de Kimberly par-dessus ses épaules et la poussa. Il tomba à quatre pattes, et Samuel prit un moment pour apprécier l'image porno de la bite de l'homme enfoncée dans cette délicieuse petite chatte. Il s'avança et commença à sucer les couilles de Nelson.

"Viens", dit Nelson, et Samuel se leva sur le matelas. Nelson se pencha en arrière, ses mains agrippant les genoux de Kimberly.

Samuel regarda avec avidité l'endroit où les deux corps se rejoignaient. Kimberly avait une petite touffe de cheveux noirs soigneusement coupés, mais elle était par ailleurs nue.

Avec un grognement, Nelson poussa la tête de Samuel vers le bas, le poussant vers cette chair humide et palpitante. Kimberly attrapa sa queue et Samuel luttait contre l'envie de sombrer dans la sensation. Il pressa ses lèvres contre son ventre et déposa une traînée de baisers jusqu'à son clitoris.

L'arôme le propulsa hors de lui-même. Mâle et femelle mélangés dans un équilibre parfait. Il passa avidement sa langue sur le bourgeon de Kimberly. Ce n'était pas facile de la goûter avec Nelson qui martelait si fort, mais il a réussi à les lécher tous les deux. Les hanches de Kimberly se soulevèrent alors que sa main se resserrait autour de sa tige.

"Amène ta bite ici, Samuel," gémit-elle. "Je veux te sucer."

Nelson se pencha plus en arrière avec considération, laissant la place à Samuel pour répondre au désir de Kimberly. Il se plaça au-dessus d'elle, lui laissant prendre les devants.

Elle tira un peu sur lui, puis ses lèvres glissèrent sur sa tête sensible. Elle accepta facilement les premiers centimètres. Il gémit et sa succion devint plus confiante. Elle lui pétrit les jambes, en voulant clairement plus.

Samuel ferma les yeux alors qu'il baissait la tête et touchait sa langue à son clitoris excité.

Nelson a assisté à la scène devant lui. Samuel et Kimberly étaient exactement son type. Il aimait les hommes innocents et virils et les femmes réactives et rondes.... et il avait les deux dans son lit.

Ils se sont rapidement mis à l'aise l'un avec l'autre. Peut-être que Samuel était déterminé à faire de cela un événement unique dans sa vie, mais Nelson n'était pas obligé de faciliter son départ.

Samuel était clairement un interrupteur, un homme qui pouvait être dominant ou soumis selon ce que la situation exigeait. Nelson avait connu de nombreux changements au cours de ses jours les plus insouciants, et il avait généralement une idée de ce que l'homme préférait vraiment. Ce n'est pas le cas de Samuel. Soit il aimait les deux, soit il était un sacré acteur... et ayant vu à quel point Samuel cachait mal son amour pour Kimberly, l'homme n'allait pas gagner de sitôt des statuettes dorées.

Le cul serré et sculpté de Samuel était en l'air, et l'une des petites mains de Kimberly reposait sur son dos tandis que l'autre lui pompait la bite dans la bouche. Bonne fille.

Il observa encore un moment, puis se retira et recula. Samuel attrapa les fesses de Kimberly et enfouit son visage entre ses jambes.

Nelson ne pouvait pas lui en vouloir. Elle sentait et avait le goût du paradis. Une femme avait peu de contrôle sur cet aspect de son corps, mais de toute façon, c'était une question d'alchimie entre amants.

Il avait vraiment eu beaucoup de chance avec ces deux-là.

Mais il voulait que Kimberly soit menottée. S'il y avait eu de la peur dans ses yeux lorsqu'elle avait protesté, il ne les aurait jamais exhumés. Mais elle avait été gênée. Donc, ce qu'il devait faire en premier, c'était lui apprendre que la soumission l'excitait.

À un certain niveau, elle le savait clairement. Elle ne voulait pas d'un homme faible. Maintenant, il allait lui montrer qu'un homme fort était tout ce dont elle avait rêvé. Ou du moins, il essaierait.

"Je veux que vous soyez tous les deux sur le dos, la tête sur les oreillers."

Une fois installés, Nelson s'installa entre eux. "Je vais te baiser la bouche, d'avant en arrière. Mettez-vous la main l'un sur l'autre.

Samuel n'eut pas besoin d'être poussé à enfoncer un doigt dans le fourreau frémissant de Kimberly, et elle enroula rapidement une main tremblante autour de Samuel. C'était parfait.

Il se pressa d'abord dans la bouche de Kimberly. Un si petit orifice, si délicat. Il pouvait être doux, et il l'était.

Alors que Samuel jouait avec sa chatte, elle était au bord, une rougeur se répandant sur sa poitrine et son visage. "Ne la lâchez plus", a déclaré Nelson. "Pas encore." Il ne voulait pas qu'elle revienne... pas avant très longtemps.

Il se retira et se fourra brutalement dans la bouche de Samuel. Ce n'était pas le bon angle, mais Samuel savait sucer une bite. Ce n'était pas le cas de tous les hommes, mais étant plus grand que Kimberly, Samuel avait un avantage ; il y avait simplement plus d'espace.

Samuel releva la tête, s'efforçant d'en prendre davantage, et sa barbe râpa contre la jambe de Nelson alors qu'il montait et descendait le long du puits.

Kimberly n'était pas la seule à craindre d'arriver trop tôt. Nelson imaginait que Samuel avait fait bon usage de son temps passé aux toilettes, mais il avait déjà du mal à se retenir. Nelson savait ce qu'il ressentait ; il aurait déjà pu venir dix fois et en aurait quand même voulu davantage.

Il se retira et la tête blonde et bouclée de Samuel retomba sur l'oreiller. Kimberly avait un immense sourire sur le visage et ses yeux pétillaient. "C'était tellement chaud !" elle a jailli. "Je n'ai jamais vu deux hommes auparavant."

Un regard douloureux traversa fugitivement le visage de Samuel. Nelson l'a classé comme quelque chose à explorer lorsque tout le monde était habillé.

Il pinça le menton de Kimberly entre son pouce et son index. "Je suis content que ça te plaise, animal de compagnie." Il passa le bout de son pouce sur sa lèvre, puis appuya pour l'ouvrir. Il lui a donné sa bite et elle l'a regardé, les yeux pleins de confiance. Kimberly, belle, belle femme, pas abîmée. Elle faisait cela parce qu'elle était curieuse et qu'elle avait une bonne estime d'elle-même. Cela faisait d'elle le contraire de presque toutes les femmes avec qui il avait été. C'était un changement rafraîchissant.

Il s'est forcé un peu plus profondément qu'elle n'était probablement à l'aise, mais elle l'a sucé comme un champion. Elle essayait probablement de suivre Samuel. Il l'observa attentivement pour être sûr qu'il ne la poussait pas trop loin.

Revenons ensuite à Samuel. Kimberly se tourna et regarda, les yeux brillants.

"Viens l'embrasser pendant que je le baise," murmura Nelson. Il entra jusqu'au bout dans la bouche de Samuel et y resta, puis se retira. Kimberly lécha sa hampe alors qu'il se retirait, puis elle lécha les lèvres de Samuel. Elle était pratiquement frénétique dans son enthousiasme et Samuel réussissait à continuer à la baiser avec les doigts à un rythme agréable et régulier.

Samuel était un génie. Il savait intuitivement comment garder la femme excitée mais sans la faire jouir accidentellement. La plupart des hommes avaient du mal à faire jouir une femme même lorsqu'ils essayaient, mais Samuel avait clairement réalisé qu'elle était hyper excitée et il se retint.

« Bouge ta main, Samuel, » dit Nelson. Il attrapa les hanches de Kimberly et la tourna, puis la plaça sur Samuel, les genoux écartés. Elle tremblait, voulant clairement s'installer sur l'érection de Samuel, mais Nelson la dirigea vers le bas sans ce plaisir. La crème couvrait la fente de son beau cul dodu. Nelson frappa doucement une des joues. La chair bougeait de manière séduisante et il retint un gémissement. Il voulait s'enfouir dans son corps doux et chaud et la faire crier.

Mais pas encore. Elle allait d'abord mendier. Ensuite, il la retiendrait. Ensuite, il lui donnerait ce qu'elle voulait jusqu'à ce qu'elle le supplie à nouveau, mais avec pitié.

"Retourne-toi, Samuel."

"Mm." Samuel enroula ses bras autour de Kimberly. Les muscles des cuisses de Samuel se gonflèrent et il la retourna, ses mains tenant sa tête de manière protectrice. Nelson se demandait encore une fois comment Kimberly ne pouvait pas voir que Samuel l'aimait.

Kimberly haleta alors que la bite dure de Samuel se pressait contre son ventre. Elle le voulait vraiment à l'intérieur, et s'il n'avait pas été si lourd, elle l'aurait fait.

Mais il l'embrassait, les deux mains sur son visage tandis que ses hanches faisaient de petites poussées. Ses couilles frappaient presque son clitoris, ce qui aurait probablement été trop de torture à supporter pour elle.

Elle ne savait pas ce que faisait Nelson, mais ça ne pouvait pas être bon. Il était resté silencieux.

« Retournez-la

encore », dit soudain Nelson. Sa voix était rauque. Les bras de Samuel l'entourèrent et il la tourna doucement. Ses beaux yeux bleus fixaient les siens, et elle dut se mordre la lèvre pour arrêter de pleurer ou quelque chose d'aussi ridicule.

Ces hommes allaient être sa fin ; elle pouvait le sentir.

Nelson s'agenouilla sur le lit et sa queue sonda sa fente. Elle gémit un appel muet. Mais il se contenta de rester là, la touchant à peine. Le corps de Kimberly ne savait pas quoi faire... elle voulait incliner ses hanches vers le bas et se frotter contre Samuel... elle voulait se cambrer et se présenter à Nelson. Elle gémit encore, perdue.

Nelson a frotté sa paume en cercles paresseux sur ses fesses. Puis il a poussé sa queue en avant d'un pouce. Ses plis mouillés faisaient un petit bruit séduisant comme lui. Kimberly miaula, mais Samuel l'embrassait si fort que le son fut englouti. Elle commença à trembler, essayant de s'empaler sur Nelson. Il l'a giflée. Pas dur, mais ça piquait, et elle s'éloigna d'un bond.

Nelson l'attrapa facilement et il s'avança, cette merveilleuse tête bulbeuse reposant patiemment dans sa chatte. Elle essaya à nouveau de se pousser sur lui, et il répondit par une forte claque sur ses fesses.

Un désir brûlant jaillit de l'endroit brûlant où il l'avait frappée. Le contrôle de Nelson était aux antipodes de cette période maladroite et maladroite avec son petit ami universitaire.

Elle a adoré.

La fois suivante, il se plaça juste en elle, elle essaya de rester immobile. Elle l'a vraiment fait. Mais après soixante secondes de bonheur orgasmique si proche mais si loin, elle recula un tout petit peu.

La gifle ne la prit pas au dépourvu cette fois, et elle gémit.

"Bonne fille", dit Nelson. Il s'avança et s'enfonça en elle avec un grognement.

Le poids de Nelson la pressait et son clitoris frottait contre la bite de Samuel, glissant de son jus.

Elle allait venir. Elle n'avait jamais eu d'orgasme uniquement par pénétration, et elle n'était pas sûre que cela compterait étant donné qu'elle avait une grosse bite glissante frottant contre son clitoris. Elle ferma les yeux et ses mamelons se durcirent contre la poitrine de Samuel.

Nelson a arrêté de bouger quelques instants avant qu'elle n'atteigne le point de non-retour, et Samuel a arrêté de l'embrasser.

"Allez," haleta-t-elle. "Ne sois pas méchant."

"Ne sois pas ingrat." Nelson lui a tapoté le cul et s'est retiré d'elle. "Chiffre d'affaires."

Elle a commencé à se déplacer vers son ancienne place sur le lit, mais Nelson l'a arrêtée. Il voulait qu'elle reste au dessus de Samuel.

Samuel... qui souriait toujours à propos de Nelson la traitant d'ingrate. Elle lui lança un regard espiègle et sale, mais ce n'était pas la même chose que leurs plaisanteries d'avant. Elle ne pourrait plus jamais le regarder sans se rappeler qu'il était le meilleur embrasseur qu'elle ait jamais eu, qu'il lui avait léché la chatte quand elle était pleine de la bite de Nelson.

Elle ne l'oublierait jamais, mais elle veillerait à ce que cela ne se mette pas entre eux.

C'était étrange d'avoir Samuel sous son dos. Il l'entoura de ses bras et l'embrassa dans le cou.

Nelson bougea ses jambes pour qu'elles soient de chaque côté de celles de Samuel. Puis il la souleva par les fesses, et lorsqu'il la relâcha, la bite de Samuel était entre ses jambes.

Elle ricana en baissant les yeux ; c'était comme si elle avait une bite.

Nelson a donné un coup de poing à Samuel et l'a pompé lentement. Sous elle, Samuel respirait fort et il la serra encore plus fort. Elle posa ses bras et ses mains sur les siens, appréciant son étreinte.

Nelson l'ajusta et la tête du sexe de Samuel poussa son entrée. Nelson lui pinça légèrement la cuisse et elle se leva sans vergogne, soucieuse de lui plaire. Le fantôme de cet orgasme refusé persistait toujours, et elle aurait fait n'importe quoi pour s'en sortir.

Samuel sursauta sous elle, puis il se glissa dans sa chatte bien ajustée. Elle ferma les yeux. Il se sentait incroyablement bien, et étant si serré, elle pouvait presque se convaincre que c'était plus que du sexe.

Elle commença à frissonner. S'il bougeait juste un peu... si Nelson lui accordait ne serait-ce qu'un murmure d'attention...

Mais ils étaient tous les deux immobiles, de manière exaspérante. C'était comme un signe invisible passé entre eux : Ne la laissez pas trop s'amuser.

"Envie de venir ?" » demanda Nelson.

"Tu n'as aucune idée."

Nelson sourit. Samuel inspira brusquement.

"Oh, j'ai une assez bonne idée", a déclaré Nelson. "Je pense que ce serait amusant de continuer à faire ça pendant environ une heure."

Kimberly fronça le nez. Décidément, cela ne semblait pas amusant. Elle n'avait jamais été dans cette histoire de « étirer ça pour toujours ». Elle préfère descendre plusieurs fois.

Sa chatte frissonna et Samuel gémit alors que sa bite bougeait en elle. Elle contracta ses muscles intérieurs, essayant de le convaincre de la prendre.

Il gémissait à son oreille et elle savait qu'elle l'avait exactement là où elle voulait. Mais Nelson les surplombait, la main enroulée autour de son sexe.

"C'est amusant mais j'ai vraiment besoin de descendre", gémit Kimberly. "Je suis tellement excitée." Elle avait envie de jouir comme ça, avec Samuel au fond d'elle.

Un soupçon de sourire apparut au coin de la bouche de Nelson. "Tu aimes mendier, n'est-ce pas ?"

"S'il te plaît. Je suis tellement excitée. Elle le suppliait du regard, espérant qu'il aurait pitié d'elle.

"Donc." Nelson ramassa les menottes pelucheuses et les passa autour de son index. "Celui qui porte ça se fait baiser en premier."

Kimberly sourit et étendit ses poignets. Être retenue ne ferait rien pour elle, mais Nelson semblait vraiment intéressé, alors pourquoi pas ? Il faisait un peu chaud, Nelson étant un peu un maniaque du contrôle dans la chambre. Ce n'était vraiment pas ce qu'elle attendait de M.. Respirez profondément et retrouvez votre paix intérieure.

Même si elle avait planifié cela à l'avance, elle n'aurait pas pu choisir un meilleur équilibre de personnalités.

"Es-tu sûr?" » demanda Nelson. "Je pourrais les utiliser sur Samuel à la place."

Ha, ha. Très drôle. Nelson était juste en train de lui déranger la tête. Elle savait ce qu'il voulait. Pour qu'elle mendie. "S'il te plaît, ne veux-tu pas me menotter et me faire jouir encore et encore ?"

"Si vous insistez." D'un mouvement adroit, il glissa les menottes sur ses poignets et les resserra.

Kimberly a essayé de s'en débarrasser. Rien. Au moins, ils étaient doublés et confortables sur ses bras.

"Levez vos mains au-dessus de votre tête", a déclaré Nelson. "Samuel, attrape ses poignets."

Samuel saisit la chaîne entre les menottes. Kimberly rit et essaya de se dégager, mais Samuel était fort et il la tenait facilement.

Nelson se pencha en avant et l'embrassa.

C'était différent d'être embrassée alors qu'elle était retenue ainsi. Plus chaud. Un peu effrayant.

Les lèvres de Samuel effleurèrent son épaule. « Le mot sûr est yoga », a-t-il déclaré.

Kimberly émit un bruit d'accord. Nelson lui mordilla le cou et commença à sucer ses tétons dressés. La bite de Samuel tressaillit en elle et Kimberly serra à nouveau ses muscles intérieurs.

Samuel gémit et se releva légèrement. Kimberly haleta. Il était exactement ce qu'il lui fallait. Nelson a relâché son mamelon. "Tais-toi, Samuel", dit Nelson. Il tourna son attention vers l'autre mamelon. Il l'aspira lentement dans sa bouche et passa sa langue autour du bout dur, la taquinant.

Kimberly a enfoncé ses talons dans le lit et a essayé de se glisser de haut en bas sur Samuel, mais c'était impossible sans sa coopération. Samuel rit doucement.

"C'est plus facile si tes mains sont libres, belle", murmura Nelson. Il mordilla la peau douce sous sa poitrine, puis descendit plus bas, si lentement que Kimberly eut envie de crier de frustration.

Pour une raison quelconque, il décida que la zone située à quelques centimètres au-dessus de son clitoris était la chose la plus fascinante qu'il ait jamais vue. Il la léchait, la suçait, la mordillait. En quelques minutes, Kimberly se balançait d'un côté à l'autre. Si elle se tendait vers sa bouche, elle risquait que Samuel ne glisse hors d'elle. Si elle restait là où elle était, elle resterait coincée au bord du précipice pour toujours.

"S'il vous plaît," dit-elle. Elle ne plaisantait plus là-dessus. "Je suis désolé de m'être moqué de toi."

"Excuses acceptées", répondit Nelson avec un calme exaspérant. Il toucha brièvement sa langue avec son nœud enflé,

et Kimberly eut l'impression qu'un million d'éclairs électriques la traversaient.

"S'il te plaît. Je veux juste venir. S'il te plaît, Nelson. Samuel. S'il te plaît!"

« Je n'en peux plus », dit Samuel avec regret. "Désolé. Je peux supporter que sa chatte me traite toutes les quelques secondes, mais la mendicité va me faire jouir.

Nelson se redressa et les fixa avec un long regard, ses yeux verts fous de désir. Il leva trois doigts regroupés, puis baissa cette main.

« Donnez-moi accès », ordonna-t-il.

Avec un gémissement, Samuel bougea. "Cela ne va pas réduire mes chances de venir," dit-il d'une voix rauque, la voix pleine de plaisir.

"Je n'aurais jamais cru que ce serait le cas." Nelson commença à pousser ses doigts et les vibrations montèrent, ajoutant une nouvelle dimension à leur jeu. Samuel était tendu. Il était devenu très dur en elle et il poussait des grognements sourds. Kimberly ne pouvait pas dire s'il était ravi ou s'il souffrait.

Il relâcha brusquement ses poignets, l'attrapa par les hanches et la souleva à quelques centimètres de lui. Puis il la serra et la perça.

Les bruits qu'il faisait frappaient les profondeurs de son âme. Samuel, son meilleur ami, l'homme dont elle était amoureuse. L'homme qu'elle avait prévu d'avoir à ses côtés pour le reste de sa vie même si cela impliquait d'être platonique après cette nuit. Il était au paradis et elle l'avait aidé à y arriver.

Le propre orgasme de Kimberly s'est épanoui, a gonflé, puis l'a secouée comme un tremblement de terre.

Le doigt de Nelson lui effleura le clitoris et elle crut qu'elle allait mourir. Son long cri restait dans l'air, rejoint uniquement par les sons des gifles de chair et les petits grognements de Samuel.

"J'ai fini. Je vais bien, » haleta-t-elle, essayant d'éloigner sa chatte trop sensible de l'assaut de l'attention masculine.

"Tu es bien quand nous le disons," lui murmura Samuel à l'oreille. Il était devenu doux en elle, mais le caractère collant n'avait pas encore commencé à s'échapper.

"Je ne peux pas..." haleta-t-elle. "Je suis trop sensible."

"D'accord." Nelson appuya son doigt sur son clitoris. "D'accord." Il retira sa main de Samuel, qui frissonna. Nelson descendit du lit et prit une boîte de lingettes humides sur la petite table. Il s'essuya les doigts. "Combien de temps?"

«Je ne sais pas», dirent en même temps Kimberly et Samuel. Kimberly rigola, embarrassée. Bien sûr, Nelson ne lui posait pas la question. Il voulait voir combien de temps il lui faudrait attendre jusqu'au deuxième tour.

Elle était venue plusieurs fois et Samuel était venu une fois, mais Nelson n'était pas descendu du tout. Elle se sentait coupable. Il avait été si gentil et avait pris grand soin de s'assurer qu'elle s'amusait. Peut-être qu'il se retenait par souci de sa sensibilité ou quelque chose du genre.

Elle s'éclaircit la gorge. "J'adorerais vous regarder baiser", dit-elle. Les mots furent prononcés un peu plus timidement qu'elle ne le souhaitait, mais elle compensa par un hochement de tête confiant.

Nelson sourit. "J'aime ta façon de penser."

Samuel regarda Nelson aider Kimberly à se débarrasser de lui. Au moment où elle était partie, elle lui manquait déjà. Elle s'était parfaitement adaptée à ses bras. Pouvoir sentir son shampoing floral pendant qu'il la baisait était le plus grand plaisir imaginable. Il connaissait ce shampoing. À un moment donné, il avait même parcouru toutes les bouteilles dans les rayons des supermarchés, essayant de trouver la bonne, mais il avait abandonné.

Il avait espéré que le sexe serait décevant. Qu'elle serait trop petite ou trop grande, ou que les angles ne fonctionneraient tout simplement pas.

Mais Kimberly était parfaite. Et son trou douillet l'avait sucé avec tellement de soif qu'il n'avait pas pu continuer à lui tenir les mains au-dessus de sa tête. Nelson ne semblait pas l'avoir remarqué, ce qui était probablement une bonne chose ; Lorsque des hommes très dominants désobéissaient, ils se comportaient parfois comme des connards, et pas de manière ludique non plus.

Même si Nelson n'était clairement pas un connard. Samuel commençait à penser que cet homme prenait plaisir à regarder les autres. Un vrai voyeur.

Kimberly était sur le dos, ses cheveux brillants s'éloignant de son visage. Nelson avait défait l'une des menottes et les deux pendaient à son bras droit.

Samuel sourit. Non, pas une bite du tout. Certains hommes dominants l'auraient fait s'agenouiller dans un coin ou lui auraient donné une fessée jusqu'à exiger à nouveau l'accès à sa chatte.

Même si Nelson avait torturé la pauvre femme en lui donnant juste un centimètre de sa queue puis en la punissant à chaque fois que son instinct la poussait à demander sa libération... seul un homme sadique exécuterait quelque chose comme ça.

"Retournez-vous et descendez ici, Kimberly," dit Nelson, cette note imposante dans la voix. À la seconde où elle fut proche, il passa une main dans ses cheveux et lui poussa la tête vers le bas. Kimberly lui céda. Elle était belle comme ça, à quatre pattes, les fesses en l'air et attendant patiemment.

Samuel était surpris qu'elle soit soumise dans la chambre. Elle était parfois un peu colérique.... comme quand elle est sortie en trombe du restaurant.

"Je vais la baiser jusqu'à ce que ta queue soit à nouveau utile", dit Nelson. Il tira brutalement les hanches de Kimberly vers lui. Elle glapit et bougea comme si elle voulait s'éloigner, mais Nelson la tenait fermement. « De quoi as-tu peur, petite ?

Parce qu'elle faisait face, Nelson ne pouvait pas voir son visage, mais Samuel le pouvait. Ses joues étaient rouges et quand ses yeux rencontrèrent ceux de Samuel, elle cligna de l'œil. C'était tellement ouvertement sexuel. Samuel le regarda. Plein de surprises, n'est-ce pas ?

"S'il te plaît, ne me fais pas de mal!" Kimberly supplia, un immense sourire aux lèvres. Samuel appuya sa tête sur un bras. Il leva les yeux vers Nelson et vit que Nelson prenait tout cela très au sérieux. Oh cher.

Nelson la poussa. Juste une fois, c'est dur. Kimberly s'éloigna un peu, mais il la rattrapa et la reprit. Toutes les quelques secondes apportaient une autre poussée longue et profonde. Le visage de Kimberly est devenu rouge tomate et elle ne riait pas.

Samuel pouvait imaginer ce qu'elle ressentait. Avoir sa bouche coincée sous la queue de Nelson l'avait excité, mais ce n'était certainement pas aussi facile.

Nelson lui a donné une claque sur le cul et Kimberly lui a courbé le dos un peu plus. Samuel hocha légèrement la tête en signe d'approbation alors que Nelson accélérait le tempo. Il mourait d'envie d'être sous les ordres de cet homme. Cela faisait trop longtemps qu'il n'avait pas été pris de cette façon.

Samuel tendit la main et remit les menottes au poignet de Kimberly. Elle le regarda, surprise. Il a replacé une mèche de cheveux derrière son oreille, mais en quelques secondes, Nelson l'a à nouveau déplacée.

"Dites-moi si vous avez besoin d'une pause, petite femme," grogna Nelson.

"Je ne suis pas petite", souffla Kimberly. La poussée vigoureuse de Nelson fit trembler sa voix comme si elle rebondissait sur une route non pavée.

"Vous l'êtes", a déclaré Nelson. Kimberly a essayé de s'éloigner, mais avec ses mains liées, elle n'a pas pu obtenir de traction.

Elle devint molle avec un petit soupir et Nelson la pénétra. Il lui a frappé le cul, et c'est tout pour Samuel. Sa queue revenait rapidement à la vie.

"Faites-moi savoir quand vous serez prêt à prendre sa place", a déclaré Nelson. "Parce que j'ai besoin de déchirer quelqu'un..."

"Je suis prêt." Le simple fait de prononcer ces mots rendait sa queue encore plus rigide.

Nelson s'est immédiatement retiré de Kimberly.

Kimberly rapprocha ses poignets liés de sa tête et repoussa la masse de cheveux noirs de son visage, et elle regarda Nelson par-dessus son épaule. "Qu'est-ce qui te fait penser que je ne peux pas le supporter?" » a-t-elle demandé.

Samuel n'avait pas besoin de voir son expression pour savoir qu'elle était furieuse. Il écarquilla les yeux et secoua la tête en signe d'avertissement à Nelson.

Nelson sourit. "Quel est votre mot de sécurité."

"Yoga..."

Il l'attrapa violemment, lui ouvrit les jambes et se frappa en elle. Kimberly grogna alors que tout l'air s'échappait de ses poumons. Ses doigts devinrent comme des griffes alors qu'elle essayait désespérément de s'accrocher au drap.

Elle était passée de l'apparence d'un petit chaton sexy à celle d'une chatte en chaleur. Mais quand elle tourna suffisamment la tête pour que Samuel puisse voir son expression, il réalisa qu'elle adorait ça.

Il se pencha et releva la tête. Si elle aimait la brutalité, il était heureux de lui rendre service. "Faites un signe de paix avec vos doigts si vous avez besoin que j'arrête", a-t-il dit. Puis il baissa sa bouche ouverte sur sa queue.

Sa bouche douce l'aspirait avec impatience. Lorsqu'elle avait fait cela plus tôt, elle avait été prudente, presque respectueuse. Maintenant, il y avait un besoin criant. Elle ressemblait à une femme sauvage, se débattant et gémissant, même s'il était difficile de l'entendre à cause des grognements bruyants de Nelson.

Derrière elle, la large poitrine de Nelson brillait. Il se retenait toujours, remarqua Samuel, mais c'était sûrement moins que ce qu'il avait prévu lorsqu'il avait commencé.

Kimberly a fait un petit bruit de haut-le-cœur et Samuel l'a relâchée. Ses yeux étaient remplis de larmes.

"Oh mon Dieu," haleta-t-elle. "Plus. S'il vous plaît, plus.

"Votre souhait est mon ordre", a déclaré Nelson. Il ramena ses hanches vers lui et se retira. Une seconde plus tard, il pressait sa bite contre ses fesses.

"Yoga!" Kimberly a crié, mais elle riait. Nelson la relâcha immédiatement et elle s'effondra en tas sur le lit. Elle se retourna, toujours en riant, ses yeux marron brillants.

Nelson a défait les menottes et les lui a retirées.

"La prochaine fois?" » demanda Kimberly en se frottant les poignets avec nostalgie.

"Deal," répondit Nelson, sa voix chaleureuse. Il l'embrassa et Samuel les regarda ensemble et commença à se branler. Ils étaient superbes ensemble, comme un couple hollywoodien.

"Viens ici et donne-moi ton cul", ordonna Nelson.

Samuel a emménagé chez Kimberly. Le lit était chaud et un peu humide là où elle avait été, et quand il baissa son visage vers les couvertures, bon sang si le tissu ne sentait pas son shampoing enivrant.

Kimberly soupira. Elle s'était reculée et s'appuyait contre la tête de lit. "Maintenant, ne le prends pas à la légère à cause de moi", dit-elle.

Samuel gémit silencieusement. La dernière chose dont il avait besoin, c'était d'un homme comme Nelson essayant de prouver quelque chose sur son cul. Il était presque sûr qu'il pourrait le prendre aussi brutalement et brutalement que Nelson pouvait le faire... dans des circonstances normales. Mais il ne s'était pas fait enculer depuis une éternité, et il ne se sodomisait pas quand il était seul, donc il manquait largement d'habitude.

La poitrine chaude de Nelson pressée contre le dos de Samuel. "Rouillé ?"

"Un petit peu."

« Tu penses qu'il vaut mieux te jeter dans le grand bain ? Son souffle était chaud sur le cou de Samuel. Samuel frissonna, mais un instant plus tard, du lubrifiant frais coula sur ses fesses. Le sexe de Nelson s'enfonça à l'

arrière de sa cuisse tandis que l'homme le lubrifiait soigneusement. Il aspergea également les couilles de Samuel du liquide glissant, puis il les tira dessus.

Les yeux de Samuel roulèrent dans sa tête. Il adorait se faire tirer les couilles. Sa queue était douloureusement dure contre le lit. Il avait désespérément besoin de le mettre dans un endroit chaud et serré... comme la chatte ou le cul de Kimberly.

Nelson l'a préparé. Ce qui manquait à Nelson en douceur, il l'a compensé en étant minutieux. Trois doigts, quatre doigts... il a scié Samuel. Samuel posa ses mains sur le lit et cambra ses épaules.

"Arrêtez de déconner et faites-le déjà", a déclaré Kimberly. Lorsque Samuel la regarda, elle lui envoya un baiser.

"Puisque tu es si intéressée à participer, Kimberly, pourquoi ne te mets-tu pas sous Samuel", a déclaré Nelson. "Mieux encore, donnez-lui quelque chose à manger."

Kimberly sauta. Elle s'installa sur le lit devant lui. Ses plis brillaient juste hórs de sa portée.

"Rapprochez-vous", haleta-t-il alors que Nelson retirait ses doigts.

Kimberly obéit et il posa sa bouche sur elle. Il pouvait sentir son pouls dans sa chatte. Kimberly commença à respirer fortement et elle retomba sur le lit, lui faisant confiance pour prendre soin d'elle.

La sensation chaude de la bite de Nelson se pressant contre lui fit crier Samuel de plaisir.

Nelson passa une main rassurante sur les épaules de Samuel. «Laisse-moi entrer, mon amoureux», murmura-t-il. Samuel détendit son corps pour permettre à Nelson de faire ce qu'il voulait.

"Oh mon Dieu."

Nelson fit une pause, attendant que le corps de Samuel l'accueille. "Il est impossible d'aller lentement en ce moment", a-t-il déclaré. "Vous n'imaginez pas à quel point je me bats contre moi-même."

Kimberly a mis sa main dans les cheveux de Samuel et a frotté son visage sur sa chatte pendant que Nelson s'enfonçait jusqu'à la garde.

Nelson baissa les yeux sur le cul serré dans lequel il avait enfoui sa queue. Le corps de Samuel était comme une drogue, et toute la soirée il avait volé de petits goûts, juste assez pour se mettre dans une frénésie. Il recula un peu puis appuya plus profondément. Il s'est tenu là, laissant Samuel s'adapter, mais se donnant aussi le temps de reprendre le contrôle. Il voulait que ça dure, alors il n'osait pas regarder Kimberly. Concentrez-vous simplement sur une chose à la fois.

Finalement, l'envie est passée et il a repris le contrôle. Il serra les fesses serrées de Samuel et commença à le baiser. Chaque poussée poussait la bouche de Samuel sur la chatte de Kimberly, et elle criait.

Nelson pencha la tête en arrière et regarda le plafond, essayant de bloquer les sensations excitantes qui lui arrivaient : les sons et l'odeur du sexe, la chair chaude agrippant ses fesses, les belles personnes nues et excitées se tordant devant lui.

Kimberly a encore crié. "Oh mon Dieu. Samuel, ta bouche est comme... » Le reste de sa pensée devint un long gémissement.

La seule façon d'empêcher Kimberly de le déclencher était de baiser Samuel assez fort pour distraire l'homme.

Bien sûr, le problème avec ce plan était que blesser Samuel avec sa queue était aussi susceptible de faire jouir Nelson que la vue des girations exubérantes de Kimberly. Mais au moins, il serait aux commandes.

Il enfonça ses doigts dans les fesses de Samuel. "Votre mot de sécurité est le yoga", râla-t-il. Il est rentré chez lui.

"Oh!" Samuel gémit. Il rejeta la tête en arrière, les yeux serrés. Son attention était tournée vers Nelson et la bite brûlante dans son cul.

Nelson sourit tandis que Samuel serrait les draps avec ses poings aux jointures blanches.

L'inquiétude colorait le visage de Kimberly.

"Il peut y mettre fin à tout moment", haleta Nelson. Même si Nelson savait qu'il avait atteint sa propre limite ; il ne pouvait plus tenir longtemps.

L'expression de Kimberly était sérieuse alors qu'elle attrapait un oreiller et le plaçait sous Samuel.

«Viens ici, Kimberly», ordonna Nelson. Elle s'agenouilla et se dirigea vers lui.

"Nourris moi."

Elle souleva un de ses seins et le porta à la bouche de Nelson. La peau craquait sous sa langue. Elle glissa un doigt entre ses jambes et se frotta le clitoris.

Il atteignait rapidement le point de non-retour. Les débuts d'un orgasme intense s'emparèrent de ses couilles dans une poigne ardente, et Samuel trembla sous lui. Il ne voulait pas blesser accidentellement Kimberly, alors il s'est retiré. Elle s'est effondrée sur le lit, les jambes ouvertes. Elle écarta ses lèvres extérieures d'une main, révélant son petit clitoris, rosâtre et gonflé. Elle passa l'index de son autre main sur le nœud excité, son corps si mouillé que son doigt glissait facilement sur ses plis.

"Putain !" Nelson grogna. L'homme en dessous de lui le repoussait, répondant à ses poussées avec enthousiasme même si cela devait lui faire mal.

Samuel, souffrant pour le plaisir de Nelson, et Kimberly tellement envahie par le désir qu'elle jouait sans raison avec elle-même... Elle jouit, son corps pulpeux se tordant sur les draps de Nelson.

Nelson pompait furieusement, vidant tout en lui dans le cul accueillant et consentant de Samuel. Même après que l'orgasme l'ait libéré de ses affres tyranniques, Nelson a continué à bouger. Ce n'est que lorsqu'il était trop mou pour rester à l'intérieur qu'il s'autorisait à se reposer.

Il était soudain épuisé. Il se pencha et embrassa doucement le cou de Samuel. "Est ce que je t'ai blessé ?"

"Oui." La voix de Samuel était pleine d'émerveillement et de gratitude. Il enfouit son visage dans l'oreiller et soupira. Les draps étaient mouillés ; Samuel était venu pendant leurs relations sexuelles brutales.

"Bien." Avec un gémissement, Nelson se libéra du trou étroit et chaud. Kimberly était déjà en train de chercher le contenant de lingettes et elle lui en tendit quelques-unes.

Nelson tomba sur le lit à côté des deux autres. "Et comment vas-tu, Kimberly ?"

"Vous ne pouvez pas le dire ?"

"Je vérifie toujours", a déclaré Nelson sérieusement. "Toujours."

"Oh. Je suis génial. C'était vraiment le meilleur sexe que j'ai jamais eu. Elle fronça les sourcils et se tourna vers lui, passant un bras par-dessus l'épaule de Samuel. Nelson ne put s'empêcher de remarquer que Samuel tressaillit à son contact. Kimberly fronça les sourcils et retira sa main.

« Pourquoi vérifiez-vous toujours ? » elle a demandé.

Nelson a essayé de poser sa tête sur un bras, mais il était trop fatigué, alors il s'est simplement laissé tomber sur le dos. «Je suis sorti avec ce couple... ils étaient vraiment passionnés par la scène BDSM, mais ils n'aimaient pas utiliser des mots sûrs. Ainsi, même si nous étions d'accord sur un point, ils ont apparemment décidé, à mon insu, de ne jamais l'utiliser. Il roula des yeux à ce souvenir. Mieux vaut faire comme si ce n'était pas grave plutôt que de laisser entendre à quel point la réalité avait été terrifiante.

Samuel tourna la tête et regarda Nelson avec ses grands yeux bleus innocents. Ses cheveux bouclés étaient en désordre total. Nelson aurait aimé pouvoir prendre une photo.

"Alors, qu'est-ce-qu'il s'est passé ?" » demanda Samuel.

« Les choses sont allées trop loin. Je savais que cela se passait, au fond, mais j'étais dedans et ils n'ont pas essayé de mettre fin à la scène. Le lendemain, j'ai reçu un e-mail de la femme. Loria était son nom. Il ferma brièvement les yeux à ce souvenir. « Elle m'a blâmé. Même si elle n'avait pas utilisé son mot de sécurité et savait qu'elle ne le ferait pas, c'était de ma faute.

Kimberly se moqua. "C'est dingue."

"J'aurais dû arrêter." Il s'éclaircit la gorge. "En tout cas, je suis très prudent maintenant."

Kimberly s'assit et ses cheveux noirs et brillants tombèrent sur ses épaules. "Combien as-tu retenu ce soir?" Il y avait une pointe d'impatience dans sa voix.

Normalement, Nelson aurait été excitée par cette preuve qu'elle avait apprécié les aspects doux et BDSM de leur soirée, mais se souvenir de Loria et Wally avait un peu tué le buzz. «Beaucoup», a-t-il admis.

"Combien? Qu'aurais-tu fait?"

Il se leva pour s'asseoir et caressa la joue de Kimberly. « Tu te souviens comment tu m'as nargué et m'as dit de ne pas te retenir ? Et j'ai fait comme si j'allais te prendre le cul ?

Elle rougit d'un rouge vif.

« D'après cette réaction, je suppose que c'est le cas. Eh bien, je savais que tu réagirais de cette façon, et je n'ai jamais eu l'intention de te fourrer ma bite sans préparation. Avec les débutants, il est toujours possible qu'ils aient trop peur ou qu'ils oublient simplement qu'ils ont un moyen de prendre le contrôle de la situation. Si tu t'étais arrêté émotionnellement et que je m'étais imposé en toi même si je savais que tu n'étais pas d'accord avec ça, tu me détesterais pour toujours.

Elle se mordit la lèvre. « Je ne le ferais pas. Cela aurait été de ma faute.

"Peut-être", dit Nelson en se levant. "Mais ça ferait quand même de moi un connard." L'horloge indiquait qu'il était presque 1h30. Il devait donner le cours du matin à Grace, ce qui signifiait qu'il devait bientôt s'endormir. "Je propose que nous dormions dans une autre chambre car il semble que ces draps soient sales."

Samuel se mit à quatre pattes. Son corps était douloureux. Se faire baiser sans pitié par un homme comme Nelson était dur pour lui tous, et il savait que le bas de son dos aurait quelque chose à dire le matin.

Kimberly était assise sur le lit, ses genoux rentrés dans sa poitrine et ses cheveux formant un rideau autour de son corps. Mais il ne pouvait pas la regarder.

«Je dois y aller», marmonna Samuel.

"Quoi? Pourquoi?" Kimberly tendit la main comme si elle allait le toucher, puis se ravisa.

C'était là. Le dégoût subtil. Il savait que Kimberly ne le rejetterait pas complètement comme Muriel l'avait fait, mais il reconnut sa répulsion quand il le vit. Il la regarda dans les yeux et elle cligna des yeux, inconfortablement.

"Des entrepreneurs viennent demain matin pour me donner une estimation de la démolition d'un mur."

"Vous en avez parlé plus tôt," dit doucement Nelson en fouillant les oreillers tombés sur le sol. "Si quelqu'un peut me dire où se trouvent mon pantalon et mon téléphone, je vous appellerai un taxi."

"Pas besoin. Je vais en signaler un. Samuel s'éclaircit la gorge. Il tendit la main. « Merci beaucoup, Nelson. C'était agréable.

Et maintenant, il devait dire quelque chose à Kimberly. Il se pencha maladroitement pour l'embrasser sur la joue, et son odeur le fit presque tomber à genoux. "A plus tard, mon soleil."

Il se dirigea vers la porte avec l'impression qu'il allait mourir, puis se tourna. Il devait faire ça correctement. "Hé, Nelson, chaque fois que tu veux baiser, appelle-moi."

"Pas de dîner ni de film demain?"

Samuel fixa un sourire sur son visage. "Je n'ai pas peur."

"Je vais vous accompagner." Nelson serra le genou de Kimberly. "Je reviens tout de suite."

Au moment où ils furent hors de portée de voix, Nelson plaça Samuel contre le mur. La fureur lui brûlait les yeux. "Ce qui ne va pas avec vous ?"

Samuel le repoussa de deux pas. "Ce n'est pas parce que je me suis soumis à toi dans la chambre que tu peux me dire quoi faire," grogna-t-il.

Nelson le poussa plus fort et le maintint contre le mur par les épaules. Samuel aurait pu s'enfuir, mais à quoi bon ? "Dis ce que tu veux dire pour que je puisse partir."

« Tu sais pourquoi je t'ai couvert là-dedans ? Parce que tu brises le cœur de cette femme. Soit tu es trop stupide pour le voir, soit tu es un salaud froid qui fait du mal aux gens simplement parce qu'il le peut.

"Je suppose que tu le saurais," dit Samuel. C'était sa colère qui parlait, mais il regretta ces mots dès qu'ils quittèrent sa bouche. Nelson avait pris un risque en leur racontant sa précédente mauvaise expérience. Samuel haussa les épaules pour se dégager de l'emprise de Nelson.

« Je vais laisser cela passer uniquement parce que je ne veux pas expliquer à Kimberly pourquoi je suis couvert de ton sang. Sortir."

Samuel renifla. "Aucun problème. N'oublie pas de m'appeler si tu veux baiser," dit-il. Il pensait que cela susciterait une plus grande réaction, mais Nelson secoua tristement la tête.

"Tu ne la mérites pas."

Sur ce point au moins, ils étaient d'accord.

Samuel trouva ses vêtements autour du canapé blanc. Pas son boxer ou ses chaussettes. Ils étaient dans la chambre, se souvint-il. Et ils resteraient là, car il ne reviendrait pas.

Une fois dehors, il ne prit pas la peine de chercher un taxi. Une larme chaude tomba sur son bras. Il le regarda avec confusion, puis fourra ses mains dans ses poches.

Comment cette nuit avait-elle été à la fois la meilleure et la pire expérience de sa vie ?

Il ne l'a cependant pas regretté. Quoi qu'il arrive, il garderait toujours ce souvenir avec lui. Kimberly, jouissant autour de son doigt, sa bouche chaude le suppliant désespérément d'en savoir plus. Nelson, l'étouffant avec cette bénédiction de coq. Et se faire enculer pendant qu'il essorait ces petits cris provocateurs de la gorge de Kimberly ? Il se branlerait encore là-dessus à 85 ans.

Pourquoi fallait-il que ce soit si compliqué ? Kimberly n'avait pas réagi ouvertement avec dégoût. Elle n'avait pas crié qu'il la révoltait, ce qui était déjà un pas dans la bonne direction. Peut-être qu'elle envisagerait...

Non, il ne devrait pas trop espérer.

Samuel s'arrêta et se tourna pour regarder le bâtiment. L'appartement de Nelson était celui du haut. La lumière était toujours allumée. Tandis qu'il regardait fixement, une silhouette s'approcha d'une fenêtre. Un instant plus tard, une deuxième silhouette, plus grande, apparut. Le plus petit leva le bras.

Peut être.

Peut-être...

Mais il resta figé. Vers la maison ou rentrer à l'intérieur... il devait prendre une décision.

Une nuit de bonheur absolu. La plupart des gens n'auraient jamais autant de chance. Aucun regret et aucun souhait pour quelque chose qui ne pourrait jamais arriver.

Il lui fit un signe de la main, un poids s'enlevant de ses épaules, puis il rentra chez lui.

Fin.

Don't miss out!

Visit the website below and you can sign up to receive emails whenever Kyana Samedy publishes a new book. There's no charge and no obligation.

https://books2read.com/r/B-A-QQELB-PHFID

BOOKS2READ

Connecting independent readers to independent writers.

Did you love *Imprudence*? Then you should read *Juste sous le gui*[1] by Kyana Samedy!

[2]

J'ai toujours été un joueur.

Un joueur de football, bien sûr. Dans le jeu des rencontres, cependant, je n'ai d'yeux que pour une seule fille.

Sydney Porter, MVP du publiciste de l'équipe, bombasse polyvalente... et mon ex-petite amie.

Mais Noël arrive tôt pour moi et je suis réintégré dans mon équipe locale à la mi-saison. Bien sûr, je cours directement à Sydney – et c'est un gros problème. Vous voyez, je n'ai jamais dit à ma famille que nous avions rompu. Maintenant, ma mère veut que l'heureux couple rentre à la maison pour les vacances.

---

1. https://books2read.com/u/4N5GP8

2. https://books2read.com/u/4N5GP8

Après avoir sauvé Sydney d'un ennui au travail, elle me le doit. Je lui parle gentiment de suivre mon faux projet de rendez-vous, mais je n'ai que jusqu'à Noël. Puis-je la convaincre que nous sommes ensemble ou la magie entre nous disparaîtra-t-elle à jamais une fois le gui tombé ?

Also by Kyana Samedy

Mauvaises intentions
Imprudence
Juste sous le gui
Survie et Triomphe
Ténébres capturées